O. F. Schwarz

Die
Müllberg-
Millionen

(Hölle gegen Himmel)

Roman

© 2022 O. F. Schwarz
Alle Rechte vorbehalten
ISBN: 9783757829834
Graphik & Layout:
Hannes Zellner, 2362 Biedermannsdorf
Cover-Foto:
CanStock - Photo
Herstellung und Verlag:
BoD – Books on Demand, Norderstedt

*Die Handlung der Geschichte ist frei
erfunden. Jede Ähnlichkeit mit lebenden
oder toten Personen ist nicht beabsichtigt
und wäre rein zufällig.*

Der schmutzige Riese

Mit seinen etwa zwanzig Metern Höhe ragte der Müllberg in den grauen Morgenhimmel. Hinter ihm ging, blickte man von der Stadt herüber, die Sonne auf und wenn es die klimatischen Umstände gestatteten, zeigte er sich feuerrot umrahmt! Dann wirkte er unheimlich, drohend, wie ein schlafender Drache, der hungrig auf sein Futter wartete, welches aus dem Restmüll der ganzen Stadt bestand!

Wie in den meisten Groß-Städten der Welt, war und blieb die Entsorgung des Stadtmülls für die Gemeinden ein ewiges, ein lästiges und eigentlich unlösbares Problem: wie die Hausfrau ihren Schmutz oder Staub zusammenkehrt, die Küchenabfälle in den Mülleimer tut und diesen in die an etlichen Straßenecken aufgestellten Müll-Container entleert, so gilt als weiterer Schritt der Entsorgung die Entleerung dieser Container. Die speziellen Müllwägen hatten seitlich Kipp-Einrichtungen montiert, mittels derer die Container angehoben und der Inhalt derselben auf die Ladefläche des LKWs gekippt wurde. Danach kamen die leeren Container wieder an ihren alten Platz. Diese LKWs hatten aus Kostengründen keine hydraulischen Ballen-Pressen eingebaut, also wurde der Hausmüll, locker auf den Ladeflächen aufgeschüttet, an den Stadtrand geführt und dort auf der großen, eigentlich nicht offiziell genehmigten und daher „offiziell illegalen" Deponie abgekippt. Dieser dort abgeladene, stinkende Müll wurde mittels der riesigen Schaufel eines Drag-Line-Kranes zu einem immer höher wachsenden Berg angehäuft.

Von Mülltrennung konnte natürlich keine Rede sein: von alten, stinkenden Textilien, Speiseresten, alten Gummireifen über Plastikverpackungen, verdorbenen Fleischresten, gebrauchten Toilette-Artikeln, Putzlappen, bis hin zu toten, halbverwesten Tieren und Verbrennungsrückständen wurde hierher alles angekarrt!

Dass dieser grausige Berg natürlich entsprechend stank, kann man sich leicht vorstellen: kam der Wind aus der ungünstigen Richtung, nämlich aus Osten, lag ein schrecklicher, beschwerlicher Gestank, der einem beinahe den Atem nahm, über der Stadt!

Aber so furchtbar dieser Gestank auch war, für die Müllbuben und für deren Familien aus den Elendsvierteln war der Berg eine Überlebensfrage! Ab Mittag, wenn der Hausmüll der Stadt laufend angeliefert worden war, sah man ein paar Minuten später vermehrt leuchtend bunte Flecken über den ganzen Berg verstreut: es waren die T-Shirts der Buben, die die neu angekommenen Lieferungen nach Nahrungsmittelresten oder anderem Verwertbaren durchstöberten! Aber Mädchen waren hier nicht anzutreffen: das war ohne Ausnahme Arbeit für die Buben! Die Eltern waren immer schon dagegen, dass Mädchen sich der Gefahr von schlimmen Verletzungen an den Füßen aussetzen sollten! Mit zunehmender Dunkelheit jedoch mussten alle die Suche abbrechen: die Gefahr, sich aufgrund der schlechten Sicht die zumeist nackten und ungeschützten Sohlen zu verletzen, war einfach zu groß! Aber schon bei Sonnenaufgang des nächsten Tages blühten über den ganzen Berg verteilt erneut die bunten Shirts jener Kinder, deren Suche am Vortag leider viel zu oft ergebnislos verlaufen war!

Alena Bonder

Alena Bonder war ein ausgesprochen hübsches Mädchen. Ihr volles, blauschwarzes, bis zu den Hüften reichendes Haar umrahmte ein ebenmäßiges Gesicht. Ihre ausdrucksvollen, tiefschwarzen Augen, eine kleine Stupsnase und ein sinnlicher breiter Mund waren unwiderstehlicher Blickfang für die meisten Männer! Und ihre perfekt geformte Figur unter ihrer geschmackvoll ausgewählten, bunten Kleidung ließen ausnahmslos alle Männerherzen höher schlagen, wenn sie durch die Straßen der Stadt schlenderte!

Im Alter von 19 Jahren lernte Alena den um fünf Jahre älteren Hamid Nangjin kennen. Es war Liebe auf den ersten Blick, es funkte zwischen ihnen sofort und Alena wusste: das war er, der Mann fürs´s Leben! Hamid war ein großgewachsener, schlanker, sportlicher Typ mit brünettem Haar. Er sah mit seinem gut geschnittenen Gesicht, seinen dunklen Augen und dem Bürstenhaarschnitt blendend aus und Alenas Freundinnen beneideten sie immer wieder um diesen erstklassigen Fang!

Beinahe zwei Jahre sollte diese vorerst himmlische Verbindung währen: schon einige Monate nach ihrer Hochzeit jedoch musste Alena feststellen, dass ihr Mann ein krankhafter Spieler war! Zwar verdienten beide ihr eigenes Geld und Alena bestand von Anfang an auf getrennte Kassen! Aber laufend kam Hamid zu ihr und borgte sich Geld. Erst wenig, dann immer mehr und schließlich musste Alena ihm klar sagen, dass sie für seine Sucht aufzukommen nicht mehr gewillt war!

Zwischenzeitlich hatte Alena ihr erstes Kind geboren: Lotser, einen gesunden, kräftigen Jungen, dessen Ankunft die ehelichen Rumpeleien ein wenig in den Hintergrund schob! Dann kam dieser für Alena so schreckliche Abend: Hamid verlangte von ihr Geld, und zwar eine doch schon nicht so geringe Summe! Alena stemmte ihre Arme in die Seiten, sah Hamid durchdringend an und sagte leise, aber bestimmt:

„Hör zu, mein lieber Mann! Vielleicht ist dir noch nicht aufgefallen, dass unsere Familie ein wenig größer geworden ist? Naja, das wirst du wahrscheinlich nicht bemerkt haben, da du ja Abend für Abend im Casino sitzt, und unser sauer verdientes Geld verspielst!" Sie hielt inne und bemerkte in seinen Augen ein gefährliches Blitzen! „Also, weißt du, Hamid," fuhr sie fort „das Geld, welches ich noch habe, das brauche ich, um uns drei zu ernähren, verstehst du? Und ganz sicher wird es nicht in der Kasse des Casinos landen, dafür muss ich leider sorgen, denn du bist unfähig, durch deine Spielsucht Frau und Kind durchzubringen! Also, ab mit dir, du großer Familienvater, geh zu deinen Freunden, vielleicht findest du dort einen Kreditgeber, ok?"

Und dies war dann der Anfang vom Ende: Hamid schlug zu. Brutal, aus dem Nichts kam der Schlag und Alena lief drei Wochen lang mit einer blau-geschwollenen Wange herum! Alle Entschuldigungsversuche Hamids, alle seine

9

Bitten um Vergebung nutzen ihm nichts: für Alena war diese Szene schrecklich genug, sie war ein Schlüsselerlebnis: nicht alleine ihrer Brutalität wegen, sondern auch, dass es so etwas zwischen ihnen überhaupt geben konnte! Dieser eine unbeherrschte Schlag hatte eine tiefe, unüberwindbare Kluft zwischen die beiden Eheleute gerissen!

Und es kam noch ärger: Alena hatte jeden Monat, quasi als Notgroschen, einen gewissen Betrag auf einem Sparbuch bei der Bank deponiert. Das Sparbuch lag versteckt im Wäschekasten unter den Handtüchern. Als Alena eines Tages vorhatte, wieder einen kleinen Betrag bei der Bank einzuzahlen, fuhr ihre Hand unter den Tüchern ins Leere: ein beinahe schmerzhafter Adrenalinstoß durchfuhr sie! Nach vergeblichem Suchen war für sie klar: Hamid hatte auch dieses Geld verspielt! Natürlich stellte sie ihn abends zur Rede, seine Reaktion erschütterte sie zusätzlich:

„Was denkst du denn, du dummes Kind, dass du in unserem gemeinsamen Haushalt eigenes Geld horten darfst? Wie blöd bist du eigentlich wirklich?"

Damit dreht er sich von ihr weg, ging ins Bad und nachdem er sich umgezogen hatte, verließ er die Wohnung! Alena stand wie vom Donner gerührt da: das erste Mal in ihrem Leben verspürte sie eine reale Existenzangst! Die Miete war bereits seit zwei Monaten überfällig, sie hatte keine Reserven mehr im Keller, was Mais, Kartoffeln, Zucker und Mehl anbelangte!

Drinnen in seinem Zimmer schlief der dreijährige Lotser, mit ihm musste sie morgen zum Arzt wegen einer vorsorglichen Spritze für sein Immunsystem! Aber das Geld dafür hatte sie abgezählt in ihrem Portemonnaie vorbereitet gehabt und auch das hatte Hamid ihr gestohlen! Die letzten Dreihundertfünfzig Rhul, die sie wohlverwahrt unter der Bestecklade in der Küche als eiserne Reserve hatte, die brauchte sie nun für den Arzt, aber für Milch, Gemüse oder Öl war nichts mehr da! Vollkommen niedergeschlagen sank sie auf den Stuhl am Küchentisch. Die Tränen rannen ihr über die Wangen und ihre Schultern zuckten unter dem Weinkrampf, der sie überfallsartig heimsuchte! Niemanden hatte sie, an den sie sich wenden konnte: sie hatte weder Verwandtschaft noch Freunde: alle die hatten sich Hamids Spielsucht wegen von ihnen abgewandt! Und ihnen auch unmissverständlich zu verstehen gegeben, dass sie weiteren Kontakt mit der Familie Nangjin nicht wünschten!

Alena hatte noch Glück: Fandoa, ihre Nachbarin, half ihr immer wieder ein wenig aus, sodass zumindest das Essen auf dem abendlichen Tisch stehen konnte! Was jedoch dann passierte, damit hätte doch niemand wirklich gerechnet:

Es war ein Donnerstag und große Hitze flimmerte über der Stadt. Alena war eben dabei, feuchte Tücher vor die zur Sonnenseite gerichteten Fenster zu hängen. Da läutete es draußen, sie öffnete und mit einem Male wurde sie zur Seite gestoßen und sieben Männer drangen in die Wohnung ein! Alena rannte in Lotsers Zimmer, nahm ihn auf und schrie die Leute an:

„Was ist hier los? Seid ihr verrückt geworden? Das ist unsere Wohnung, ihr habt hier nichts zu suchen! Raus mit euch, aber sofort!"

Einer der Männer, er war mindestens 1,90 Meter groß, hatte schulterlanges, dunkelblondes Haar und trug einen eleganten, dunkelgrauen Anzug, dazu ein rosafarbenes Hemd, ohne Krawatte. Er blieb vor Alena stehen, sah sie mit seinen traurigen, blauen Augen kurz an und gab ihr zu verstehen:

„Das hier, liebe Frau Nangjin, das hier ist nicht mehr Ihre Wohnung! Ihr Mann hat sie gestern Abend am Spieltisch im *Café Pool* leider verspielt! Aber damit Sie und Ihr Kind nicht gänzlich ohne Dach über dem Kopf dastehen, haben wir für Sie im Mutter-Kind-Heim einen Platz reserviert! Ich denke, Sie sind nun ein Sozialfall, klar? Aber wir bringen Sie und Ihren Sohn dorthin, mit einigen Möbeln, die Ihnen der neue Besitzer kulanterweise überlassen will!"

Alena stand sprachlos da! Mit Lotser auf dem Arm musste sie miterleben, wie ihre Wohnung ausgeräumt, die von ihr noch bezeichneten Möbel auf einen bereitstehenden LKW verladen wurden! Dann forderte man sie höflich auf, ihre persönlichen Sachen zu packen und das Haus zu verlassen! Tränenüberströmt folgte Alena den Anordnungen und hoffte ganz hinten in ihrem Kopf, dass dies alles nur ein böser Traum sein könne! Mit aller Gewalt zwang sie sich, ruhig zu bleiben: denn unter ihrem Herzen trug sie wieder ein Kind und unter keinen Umständen wollte sie durch zu große Aufregung ihre Leibesfrucht gefährden!

Alenas Absturz

Alenas Leben hatte so gar nicht den geplanten bzw. den erhofften Weg genommen: man hatte sie aufgrund der von der durch und durch korrupten Regierung verschuldeten, katastrophalen Wirtschaftslage gekündigt. Und die triste Lage auf dem Arbeitsmarkt gestattete ihr keinen neuen Job! Immer tiefer sank sie mit ihren beiden Buben Lotser und Kamio in den sozialen Abgrund hinunter! Soweit, bis es kein weiteres Absinken geben konnte: sie drei bewohnten dann eine aus Holzbrettern, Blechplatten und Stoffdecken bestehende Hütte im Armenviertel der Stadt. Ihr Mann Hamid war einige Wochen nach der Räumung der Wohnung wegen Drogenhandels verhaftet und zu sieben Jahren Haft verurteilt worden! Aus dem Gefängnis hatte er über einen dort angestellten Wärter und durch dessen Cousin, der mit seiner Familie ebenfalls in diesem Armenviertel hauste, Alena die neue Situation wissen lassen. Als diese von Hamids Verurteilung erfahren hatte, nickte sie nur wissend und meinte emotionslos zu dem Überbringer der Nachricht:

„Und warum haben sie ihn denn nicht gleich zu 20 Jahren Haft verurteilt? Welche Gesellschaft braucht schon solch einen Abschaum, he? Aber im Gefängnis kann dieses Dreckschwein wenigstens keine Familie mehr zugrunde richten!"

Das war Alenas genüsslicher Kommentar für ihren unfähigen, brutalen Ehegatten! Zur Zeit lief das Scheidungsverfahren, welches sie natürlich angestrebt hatte! Und obwohl Hamid sich mit Händen und Füßen gegen eine Trennung wehrte, wurde die Ehe offiziell geschieden: Alenas Aussagen und auch die Aussagen der Casino-Betreiber bezüglich Hamids Spielsucht, sowie der soziale Abstieg der Familie Nangjin waren Grund genug für die klare Entscheidung des Richters: die Ehe wurde geschieden und die Kinder der Mutter zugesprochen!

Radner

Gleich nach ihrem ersten Tag in dieser schrecklichen Armen-Siedlung erkannte Alena mit Grausen: hierher war sie vom Regen in die Traufe geraten! Alle dort lebenden Familien balancierten zwar tagtäglich an der Überlebensgrenze, waren aber ausgesprochen nett und unglaublich hilfsbereit! Der nämlich, der selbst in Armut lebt, versteht den noch Ärmeren besser! Und niemand fragte nach, ob es selbstverschuldete Gründe oder einfach Schicksalsschläge waren, die sie allesamt in ihre triste und hoffnungslose Situation gezwungen hatten! Aber eben diese kollektive Armut schweißte die Menschen zusammen: Alena fand sich doch schnell zurecht und akklimatisierte sich mit ihren Buben problemlos! Man half ihr mit den wichtigsten Behelfsmitteln wie zum Beispiel mit großen Wellblech-Platten, mit kunststoffbeschichteten Kartons gegen einfallenden Regen, sowie mit nässeabweisenden Isolier-Kunststoffmatten für den Fußboden des Verschlages! Auch die Organisation der Siedlung wurde ihr wie folgt erklärt: dass man nämlich leider dem Chef der Siedlung, einem gewissen Radner, widerspruchslos zu folgen hatte!

Radner - niemand kannte seinen vollen Namen - war nur etwa 1,60 Meter groß und etwas dicklich geraten. Sein blondes Haar hatte er komplett nach vorne gekämmt, um seine Glatze weitmöglich abdecken zu können. Mit seinen wasserblauen Schweinsäuglein, seiner riesigen, gebogenen Nase, einem viel zu breiten Mund wirkte er auf seine Mitmenschen überaus unsympathisch! Dann kam noch seine knarrende, tonlose und zumeist sehr leise Stimme dazu! Noch dazu hatte er einen entsetzlichen Mundgeruch! In dieser Siedlung hatte Radner keinen einzigen Freund, denn jeder hier wusste, wie er zu seiner Macht gekommen war! Und dass er sich gewisse Hilfen, die zu organisieren er immer bereit war, zumeist gegen 'Naturalien' von den weiblichen Bewohnern abgelten ließ!

Jede Familie, die sich dem gemeinen Diktat dieses Proleten nicht unterworfen hatte, war einige Tage später nicht mehr in der Siedlung anzutreffen gewesen!

Es begab sich am vierten Tag nach Alenas entwürdigendem Einzug in die Armen-Siedlung: Sie war eben dabei, einige Umzugskartons zu öffnen und den Inhalt in den einzigen vorhandenen Schrank zu schlichten, als sie spürte, dass hinter ihr jemand den Verschlag betreten hatte! Es war Radner in seinem geschmacklos geblumten Freizeit-Hemd und in seinem speckigen, dunkelgrauen Anzug! Er war nun stehengeblieben und betrachtete Alena mit vielsagendem Blick von oben bis unten! Natürlich wusste sie über ihn genau Bescheid! Sie hatte sich in weiser Voraussicht bereits ein ihrer Meinung nach wirksames Konzept zurechtgelegt, sollte er sie irgendwann einmal belästigen wollen! Sie wandte sich ihm zu, stemmte ihre Arme in die Seiten und fragte mit ruhiger Stimme:

„Nun, mein Herr? Wie kann ich Ihnen helfen?" Sie sah ihm herausfordernd direkt in die Augen und setzte noch hinzu: „Ich darf annehmen, dass Sie rasche Hilfe benötigen, sonst wären Sie ja nicht so mir nichts, dir nichts und ohne Gruß hier eingetreten, oder?" Radners Gesicht blieb vorerst unbeweglich, dann verzog er es zu einem süffisanten Lächeln und antwortete ihr:

„Wie du weißt, mein Kind, bin ich hier der Ober-Aufseher, ok? Und als dieser habe ich gewisse Vollmachten, mit denen ich mir und auch vielen Frauen hier in der Siedlung das Leben leichter machen kann!"

Mit den Händen auf dem Rücken verschränkt, mit hochgezogenen Augenbrauen und heruntergezogenen Mundwinkeln stand er da wie eine schlechte Mussolini-Kopie und erwartete Alenas Reaktion. Diese war gerade eben in nicht besonders aufbauender Stimmung und weiters wusste sie natürlich bereits durch ihre Nachbarn, was dieser Prolet von ihr wollte! Sie nickte langsam und legte ihre Hände ebenfalls auf den Rücken. Dann holte sie tief Atem, nahm all ihren Mut zusammen und sagte leise, sodass auch jemand, der vor der Türe stehen sollte, nichts von dem Gesagten verstehen würde:

„Jetzt hör mal genau zu, du kleiner Scheißer!" Unverzüglich war Radners Gesicht zu einer starren Maske geworden! „Du kannst es natürlich nicht wissen, aber von dort, wo ich herkomme, verfährt man in ganz besonderer Weise mit solchen Idioten wie mit dir: sie hauen dir zuerst beide Daumen ab, dann wirst du sehen, wie du dir deinen Hintern wischen kannst! Wenn dir das noch nicht genügt, verbrennen sie dir ein wenig deine Fußsohlen: das ist ein wirklich angenehmer Vorgang mit anschließendem sechswöchigem Aufenthalt im Bett, wie du dir vorstellen kannst, ok?" Sofort hatte sie die Unsicherheit in Radners Augen bemerkt und wusste: sie war auf dem richtigen Weg! Also spielte sie ihre Rolle weiter und log, dass sie selbst es kaum glauben konnte: „Aber natürlich kann es vorkommen, dass so einer wie du dann noch immer nicht genug hat! Hier haben meine Freunde ein probates Mittel, um widerspenstige Wichtigmacher zur Räson zu bringen: sie verpassen dir mit einem Viehbrenneisen ein wunderschönes Mal auf die Stirn, sodass du immer und überall als der Idiot erkannt wirst, der sich gegen mich gewandt hat! So, das wär's für's Erste, lieber Radner, ok? Ich denke, wir beide kommen in Zukunft gut miteinander aus: ich will nichts von dir und du nichts von mir, ok?"

Damit wandte sie sich wieder dem Karton zu und Radner stand da, wie paralysiert! Sie spürte, dass er das nicht so hinnehmen wollte, drehte sich wieder hinzu ihm und setzte hinzu:

„Also, dass du es leichter begreifen kannst, Radner: meine netten Freunde sitzen tagtäglich in den Kaffeehäusern der Stadt herum und pokern, was das Zeug hält! Kohle dafür haben sie genug, ihre Miezen versorgen sie ja laufend mit Material! Und sie wollen sich ungern bei ihrem Spiel stören lassen, da werden sie wirklich ganz, ganz böse! Aber eines kann ich dir versichern: ich werde sie stören, sofort, nachdem du mir an die Wäsche wolltest!" Jetzt setzte sie ein überaus freundliches Gesicht auf, zog die Schultern hoch und schloss: „Alles verstanden jetzt?"

Und wieder ließ sie ihn stehen wie einen nie genützten Mülleimer und arbeitete mit ihren Sachen weiter! Radner hatte nun alles verstanden und sein Hirn arbeitete auf Hochtouren:

Wer ist dieses verdammt Weib? Wen kennt sie wirklich? Aber sie kennt Details aus dem Zuhältermilieu, die kann niemand erfinden, oder?

Er steckte die Hände in die Hosentaschen, machte auf dem Absatz kehrt und verließ Alenas Verschlag Draußen blieb er stehen und murmelte vor sich hin:

„Naja, verbrannte Fußsohlen, keine Daumen mehr, …also, soll sie doch machen, was sie will, die blöde Tussi, oder?"

Damit war die Sache für ihn erledigt! Und Radner hoffte nur, dass sich solch ein respektloses Betragen ihm gegenüber nicht herumsprach! Dies nämlich wäre seinem Image ganz und gar nicht zuträglich!

Kisha Nuu

Die kleine Kisha Nuu wuchs gut behütet in einem kleinen Dorf im Norden des Landes auf. Ihre Familie war angesehen, Großvater und Vater besaßen große Obst-Plantagen und waren in vielen Belangen sozial tätig: sie finanzierten den Bau einer Volksschule, kamen für die Gehälter der Lehrkräfte auf und bezahlten auch einen kostenlosen Suppenausschank für die Armen des Dorfes und der Umgebung.

Doch dann kam der Umsturz: revolutionäre, indoktrinierte Kräfte, die den Sinn des Kapitals nicht verstanden, übernahmen die Macht im Staate. Alle Großgrundbesitzer wurden enteignet, ihre Plantagen wurden, entgegen den großspurigen Hetzreden der neuen Machthaber, nach nicht nachvollziehbaren Formeln der neuen regierenden Klasse zu- und nur ein Bruchteil davon auf die Mittelschicht aufgeteilt. Kisha und ihre Eltern schafften es in letzter Sekunde, in die größtenteils anonyme Stadt zu fliehen! Da sie jedoch nichts von ihrem Kapital hatten mitnehmen können, verarmten sie auf Grund der schrecklich hohen Arbeitslosenrate zusehends. Großvater wollte so nicht leben und in einem depressiven Anfall erschoss er in einer gewittrigen Nacht in ihrer Wellblechhütte Frau, Kinder, Enkelkinder und sich selbst. Einzig die zwölfjährige Kisha konnte er durch seine Wahnsinnstat nicht mitnehmen, da sie in dieser Nacht bei einer befreundeten Familie übernachtete hatte!

Und Kisha war das gleiche Schicksal wie tausenden anderen Kindern in diesem Staate beschieden: sie wuchs ungeliebt und ausgenutzt bei dieser Familie auf, verliebte sich dann und heiratete, blieb aber leider kinderlos. Nachdem ihr Mann im Zuge einer brutalen Verhaftungs-welle erschossen worden war, suchte sie Unter-schlupf bei einer armen, aber ordentlichen und sauberen Familie. Und auch dort war sie nicht sicher: in beinahe regelmäßigen Abständen wurde das Haus von liederlichen, überheblichen Soldaten oder Polizisten heimgesucht. Alle im Haus befindlichen Frauen und Mädchen wurden abgesondert und in einem benachbarten Gerten-haus mehrmals missbraucht! Um diesen schrecklichen, laufenden Erniedrigungen ein für alle Mal zu entgehen, ging Kisha mit ihren 43 Jahren in das nahe gelegene Kloster *Zu den liebenden Schwestern*, wo sie sich Schwester Debora nannte und wo sie sich mit großem Eifer der Kräuterheilkunde widmete! Sie wurde eine echte und gefragte Spezialistin in diesem Fach und im Weiteren die Lieblings-Nonne der Oberin! Und auch ihre Mitschwestern zollten ihr uneingeschränktes Lob, wenn Debora wieder einmal mit ihren Kräuter-Melangen einer schwer erkrankten Insassin das Leben retten konnte!

Aber auch dieses Kloster war vor den verrückten Nivellierungs-Ideen der neuen Macht-haber nicht verschont geblieben: anfangs noch geduldet, verloren die Behörden von Monat zu Monat ihren Respekt vor dem Glauben und skrupellose Abordnungen von Soldaten oder

Polizisten besuchten überfallsartig diesen Hort der Ruhe und der Besinnung! Sie beschlagnahmten Lebensmittel nach Wahl und drohten wiederholt, das Kloster wegen des völlig aus der Luft gegriffenen Verdachtes der *Kollaboration mit dem Klassenfeind* sperren zu lassen!

Und dann kam dieser schreckliche Tag, an dem die gottlosen Machthaber ihre Drohungen mehr als wahr machten: völlig überraschend sprengte ein berittener Tross von Soldaten auf den Hof des Klosters und man hieß alle Nonnen, sich innerhalb von zehn Minuten auf dem Hofe zu versammeln! Als alle Schwestern in mehr oder weniger ordentlicher Kleidung, sich verängstigt aneinander drückend, dastanden und sich verständnislos anblickten, löste sich der noch bemerkenswert junge Polizei-Major auf seinem Pferd von seiner Truppe und ritt einige Schritte nach vor. Er war eine irgendwie sonderbare Erscheinung: diese unnatürlichen, grünen Augen harmonierten unheimlich mit seiner gelblichbraunen Gesichtsfarbe! Nun deutete er wahllos auf drei Schwestern. Diese mussten ihm in das Haus folgen, wo sie von mehreren Offizieren auf gemeinste Weise vergewaltigt wurden!

So ging es den ganzen Tag weiter: keine einzige Insassin entging dieser furchtbaren Tortur! Der ehrwürdige Bau war durchsetzt von den Schmerzensschreien und vom Stöhnen der gequälten Nonnen!

Während der Misshandlungen der Nonnen durch die Soldateska war natürlich auch Schwester Debora den gottlosen Horden schutzlos ausgeliefert: zwei stämmige Soldaten packten sie und brachten sie unter fortwährend ausgerufenen Gemein- und Derbheiten in einen Raum, in dessen Mitte lediglich ein Tisch stand. Die Soldaten hoben Debora auf den Tisch, drückten sie in Rückenlage, rissen ihr brutal ihr Höschen vom Leib und zogen ihr die Beine an und auseinander! Jetzt trat Major Kimbal Yohm, der grünäugige Anführer der schrecklichen Truppe, an Debora heran und verging sich in roher Weise an ihr! Debora aber versuchte erst gar nicht, sich zu wehren: aus Erfahrung wusste sie, dass jegliche Gegenwehr nur zu mehr Gewalt und zu vermehrten Schmerzen führen würde! So schloss sie ihre Augen und ließ die Gemeinheiten der Soldaten über sich ergehen. Aber sie hatte doch einmal kurz die Augen geöffnet und ihren Peiniger angesehen: diese auffallend grünen Augen und das gebräunte Milchbubi-Gesicht des Vergewaltigers würde sie nie, nie in ihrem ganzen Leben vergessen können!

Und langsam wurden die Schreie der brutal vergewaltigten Nonnen immer leiser, alle Kraft der Gegenwehr war verbraucht, nur mehr wimmernde, erstickte Laute drangen durch die entweihten Räume! Bis die schamlose Horde dann gegen sechzehn Uhr befriedigt und mit in Körben verpackten Lebensmitteln das Areal verließ!

Zurück blieben vollkommen traumatisierte, geschockte Nonnen: ausnahmslos alle waren dem entsetzlichen Überfall ausgesetzt gewesen! Aber die älteren und psychisch stärkeren Schwestern kümmerten sich liebevoll um die völlig geschockten, verängstigten und verwirrten jungen Kolleginnen! Und bis in die späte Nacht hinein war Schwester Debora mit ihren wirksamen Heilkräutern zur Stelle, mit denen sie die Verletzungen der so brutal missbrauchten Mitschwestern behandeln und deren Schmerzen lindern konnte!

Kein klösterlicher Plan

Und die Oberin war sich bewusst: hier musste sofort und radikal gehandelt werden! Am Abend des nächsten Tages versammelte sie ihre noch schwer geschockten Schwestern im Remter und man besprach die weitere Vorgehensweise. Eines war sicher: diese Dreckschweine würden - ihres ersten Erfolges sicher - das Kloster wieder und wieder überfallen und sich ihren Spaß mit den wehrlosen Nonnen machen wollen! Und solch entwürdigende, gottlose Handlungen durften sich die Schwestern nicht gefallen lassen! Gemeinsam mit ihrer rechten Hand, Schwester Debora, trug die Oberin den anwesenden Nonnen ihren Plan zur Befreiung von dem Martyrium durch die Soldaten vor. Als sie ihren Vortrag beendet hatten, herrschte entsetzte Stille im Saal! Die Schwester Oberin hatte derartiges erwartet und beschwichtigte mit leiser, aber fester Stimme:

„Hört jetzt nochmals genau zu, liebe Schwestern! Wir hatten uns darauf geeinigt, diesem unerträglichen Spuk umgehend ein Ende bereiten zu wollen, oder?" Wie auf ein Kommando senkten sich alle Köpfe der Schwestern, aber es war eine kollektive Zustimmung! „Und deshalb wird uns nichts anderes übrigbleiben, als diesen menschlichen Abschaum zu eliminieren! Und zwar ein- für allemal! Also, nochmals: unsere Debora hat bereits das entsprechende Gift aus ihren Pflanzen gemischt und vorbereitet! Wir werden zwei kleine Luft-Pumpen und die passenden Schläuche aus der Stadt besorgen! Dort werden wir auch die benötigten Holz-Eimer sowie einige Säcke Zement und Sand kaufen! Natürlich werden wir all dies in verschiedenen, weit voneinander liegenden Geschäften besorgen! Umgehend werden wir alle uns Hosen und Jacken nähen, um die richtige Kleidung bei der Ausführung unseres Planes tragen zu können! Nachdem wir alle Dreckschweine, das gesamte Zaumzeug ihrer Pferde sowie sämtliche Beweise ihrer Anwesenheit in dem Schacht im Keller entsorgt haben, vertreiben wir die Pferde in den nahen Wald! Und wenn wir aus der Stadt Besuch erhalten, der von uns Auskunft über die vermissten Soldaten haben möchte: die waren nie hier bei uns angekommen, klar?"

Es brauchte nur einige Minuten und der grausame, aber wirkungsvolle Plan war gefasst! Nach dem einstimmigen Beschluss begaben die Nonnen sich in ihre Zellen um zu beten. Die Schwester Oberin verließ das Kloster und wanderte in den nahen Wald. Dort hinter einer hohen Föhre mit einem mächtigen Stamm kniete sie im weichen Moos nieder, faltete ihre Hände zum Gebet, blickte nach oben und sprach zu Gott:

„Oh, Herr! Hier vor Dir kniet eine reuige Sünderin! Eine Sünderin, die - so wie alle mir anvertrauten Nonnen - nicht verstehen kann, warum Du uns diese schrecklichen Männer herauf ins Kloster geschickt hattest! Es sind gottlose, grobe und barbarische Gesellen und was, bitte, haben solche Menschen bei uns verloren? Sie haben uns überfallen, uns, die unschuldigsten Seelen weit und breit! Sie haben uns geschlagen, vergewaltigt und noch dazu unserer Lebensmittel beraubt!"

Sie musste sich unterbrechen, große, schwere Tränen rannen über ihre faltigen Wangen und blieben, den Tropfen in einer Karsthöhle gleich, an ihrem Kinn hängen! Sie schien das nicht zu merken, all ihre Liebe, all ihre Hoffnung, aber auch ihr schmerzendes Unverständnis waren nun wieder in ihrem Blick zum Himmel vereint!

„Habe ich schlecht getan, oh Herr? Sollte ich meine kleinen Nonnen wiederholt diesen vor gar nichts zurückschreckenden Horden ausliefern? Wo, bitte, bleibt denn die Strafe für deren Untaten, wo, oh mein Gott? Aber: Du weißt so gut wie ich, dass ich anstatt Deiner diesen heute beschlossenen, furchtbaren Weg zu gehen habe!"

Wieder unterbrach sie sich, blickte ein wenig gedankenverloren vor sich hin und fuhr fort:

„In Deinem fünften Gebot heißt es: Du sollst nicht töten! Ja, richtig, oh HERR! Aber was steht denn wo als Sühne für die Untaten dieser Männer beschrieben? Nein, oh HERR!," rief sie nun leise und erhob sich „...wir werden diese gottlose Meute in die Schranken weisen! Wir sind zwar nur schwache Nonnen, aber wir wissen uns sehr wohl zu wehren!"

„*Nun, du meine treue Dienerin,*" hörte die Oberin plötzlich ihren HERRN mit sanfter Stimme sagen „*diese Schandtat zu ahnden, das wäre vielleicht nicht eure Aufgabe, meinst du nicht auch? Denkst du denn nicht, dass diese Männer ihre gerechte Strafe durch mich erfahren könnten?"* Die Schwester Oberin empfand plötzlich ein tiefes Gefühl der Schuld! Nach kurzem Nachdenken jedoch hatte sie sich wieder gefangen und fuhr fort:

„Aber, oh HERR, uns haben sie Schande angetan, UNS! Zu Euch kommen sie in die Kirche, beten voller Falsch vor der Gemeinde mit gespieltem Glauben, knien vor Dir und Deinen Altären, aber im Herzen sind sie böse und gemein! Ich muss, oh HERR, diese Tat durchführen, wie schlecht sie auch sein mag! Und wenn diese liederlichen Soldaten danach vielleicht bei Dir ankommen, werden sie Deinem Urteil unterworfen sein! Aber dann, ganz gleich, oh Gott!, wie Dein Urteil ausfallen wird: dann werden sie keinem Menschen mehr etwas zuleide tun können!"

Sie fühlte sich befreit, wie ein Schulkind, welches seinen Eltern den Plan zur Durchführung einer verbotenen Tat a priori bekanntgegeben hatte!

Es war bereits dunkel geworden und sie kehrte zurück ins Kloster. Man wartete auf sie in der Andacht und sie zelebrierte die Heilige Messe. Ihre kurze Predigt befasste sich ausschließlich mit den schrecklichen Ereignissen von gestern! Und was sie besonders beruhigte: alle anwesenden Nonnen sahen mit erhobenem Haupt zu ihr auf und sie wusste: mit diesen gläubigen Frauen, ob jung, ob alt, durfte sie vollste Unterstützung und Mitarbeit bei der Ausführung ihres schrecklichen Racheplans erwarten können!

Der Nonnen Sieg

Keine zehn Tage nach diesem schrecklichen Überfall ritten dieselben Soldaten, die schon das letzte Mal das Kloster überfallen hatten, in den Hof des Klosters ein. Allerdings unter der Führung eines anderen Militärs: der zuletzt anwesend gewesene Major war durch einen schweren Unfall nicht mehr im Dienst! Die anfängliche Prozedur wurde wiederholt und dann stand der Großteil der Klosterfrauen auf dem Hofe! Heute jedoch hatten sie sich, im Gegenteil zu dem letzten Überfall, um einiges näher als zuletzt hin zum Klostergebäude versammelt. Als die Soldaten allesamt abstiegen, um sich ihrer mitgeführten Tornister zu entledigten, rannten plötzlich alle Nonnen wie auf ein geheimes Kommando auf eine kleine Türe im Westturm zu! Jetzt wurde die Türe von innen geöffnet, die Nonnen schlüpften, wie sie es jeden Tag zuvor geprobt hatten, geordnet und flink in den dahinter liegenden Raum, die Türe wurde verschlossen und hörbar verriegelt! Nun hatten sich die Soldaten von ihrer ersten Überraschung gefangen und rannten unter großem Geschrei ebenfalls auf die Türe zu! Natürlich blieb diese versperrt, die Soldaten versuchten vergeblich, die schwere und mit Eisen beschlagene Bohlentüre einzutreten! Jetzt tönte der zornige Befehl des noch auf seinem Rappen sitzenden Oberst-Leutnants über den Hof:

„Durch den Haupteingang, ihr Idioten! Durch den Haupteingang!"

Gleich rannten die Angreifer in wilder Hast zum Haupttor! Dieses war nicht versperrt und mit lautem Gejohle und in gieriger Freude auf die kommenden Lustbarkeiten drang die Meute durch das Haupttor in den Flur! Nun standen sie alle da und bemerkten linkerhand eine Türe, welche zu dem Raum, in dem sie die Schwestern vermuteten, führte! Diese Türe war nur angelehnt und die Horde stürmte hindurch! Aber in dem Raum, in welchen sie gelangt waren, war keine einzige Nonne zu sehen! Plötzlich schnappte die Türe hinter ihnen zu und wurde von außen hörbar verriegelt! Sofort rannten einige der Soldaten hin und versuchten die Türe zu öffnen, aber diese gab ebenso nicht nach! Alle schrien wild durcheinander: aber keine der Türen, die in diesen oder aus diesem Raum führten, konnte von der aufgeregten Meute geöffnet werden!

Und plötzlich wurden die Stimmen der eingesperrten Soldateska leiser, immer leiser: ein stechender, scharfer Geruch breitete sich im Raum aus und drang unbarmherzig und tödlich in die Lungen der Aggressoren! Es dauerte keine fünf Minuten, dann war es still und stiller geworden: das von Schwester Debora hergestellte, hochgiftige und jetzt durch versteckte Schläuche eingeleitete Gift floss immer noch hörbar in den Raum, über die bereits tot am Boden verstreut und übereinander daliegenden Soldaten!

Draußen saß mit gerunzelter Stirn der Anführer wartend auf seinem Pferd: er hörte weder Schreie, noch Hilferufe, noch kam einer seiner Männer heraus auf den Hof, um ihm zu berichten! Das gefiel ihm nicht, ganz und gar nicht! Da wurde plötzlich die Türe des Haupteinganges vorsichtig geöffnet und eine ältere Nonne trat vor das Tor. Sie winkte dem Anführer zu sich, worauf er seinem Pferd die Sporen gab und langsam auf die Schwester zuritt. Diese stand in ihrem Habit unbeweglich vor dem spaltbreit geöffneten Tor und sprach kein Wort. Als der Militär auf knapp drei Meter herangekommen war, hob sie die Hand und sagte mit zittriger Stimme, leise und unterwürfig:

„Mein Herr, Ihre Leute,…die…die… unterhalten sich köstlich da drinnen," worauf sie mit dem Daumen nach hinten in das Kloster deutete und ihren Kopf ehrfurchtsvoll gesenkt hielt „und ich soll Ihnen ausrichten, man würde sich freuen, könnten Sie zu Ihrer Truppe stoßen und vielleicht auch…?"

Damit dreht sie sich um, ließ die Türe angelehnt und ging in das Innere des Hauses. Der Militär überlegte: natürlich war er ebenso erpicht darauf, sich mit einer der jungen Nonnen seinen Spaß zu machen! Ja, und warum eigentlich nicht? Was hielt ihn, hier draußen blöd herumzustehen und nicht auch dabei zu sein? Er stieg vom Pferd, ließ die Zügel hängen und betrat den Innenraum des Klosters. Jedoch er kam nicht sehr weit: er hatte eben drei Schritte in die Halle gemacht, als man ihm von hinten mit einem schweren, silbernen Kerzenleuchter den Schädel einschlug! Sofort wurde sein lebloser Körper von vier Nonnen, die Stoffmasken trugen, in den Raum zu den

Toten gebracht, dort abgelegt und die Türe wurde wieder verschlossen. Das weiterhin einfließende Gift tat sein restliches und auch der Anführer der brutalen Truppe konnte nicht überleben! Mit bewundernswerter Gefasstheit, aber in ihrem, festen und starken Glauben an den HERRN, nahmen die Nonnen im Remter dann ihr Abendmahl ein, während unten in dem giftdurchtränkten Raum dreiundzwanzig Leichen lagen! Aber es war so abgesprochen: *Auge um Auge, Zahn um Zahn*, so mussten sie sich verhalten! Als sie alle ihr Abendgebet gesprochen hatten, verschwanden sie in ihren Zellen und versammelten sich gleich danach vor der Türe des Todesraumes: aber was war das für ein buntes Durcheinander! Alle Nonnen trugen selbst zusammengenähte Hosen und Jacken, um sich bei der nun zu erwartenden, schweren Arbeit durch ihre Schwesterntracht nicht selbst zu behindern! Der giftige Zufluss war längst schon unterbrochen worden. Nun wurde die Türe geöffnet und alle betraten zögernd den mit Leichen übersäten Raum! Und, wie zu erwarten, konnte das nicht ohne Probleme ablaufen: besprechen, ja, das konnte man, alles konnte man in Bildern bereden und Pläne dazu schmieden und ebenfalls besprechen! Aber dann mit der Realität konfrontiert zu werden?

Es war schrecklich für die meisten der Nonnen: das war doch überhaupt nicht ihre Berufung, oder? Sie hatten dreiundzwanzig Männer getötet, jawohl! Sie, als Schwestern mit heiligem Gelübde, mit abendlichen Gebeten an ihren HERRN, hatten wirklich getötet, gezielt gemordet!

Die laute und fordernde Stimme der Oberin schallte plötzlich über die Leichen und riss die Nonnen aus ihren verdunkelten Gewissen:

„Wenn ihr jetzt meint, meine Lieben, dass ihr das nicht ertragen könnt? Dann denkt immer nur an den letzten Besuch dieser gottlosen Horde bei uns, ja? Also: Schwester Innunciata, Schwester Theresa, Schwester Marine, Schwester Marianna und Schwester Soravia: ihr holt jetzt die vorbereiteten Tragen her! Alle anderen halten sich bereit, die Toten mittels unserer Tragen hinunter zum Brunnenschacht zu bringen, alles klar?"

Schuldbewusst, aber doch zögernd zustimmend, nickten alle und die fünf genannten Schwestern verließen den Raum.

„Na, kommt schon!" meinte die Oberin jetzt beruhigend zu den noch hier Versammelten „Ihr müsst jetzt nicht hier zwischen den Toten herumstehen, ja? Ihr könnt auch draußen auf die Tragen warten!"

Sofort verließen die Nonnen hastig den Raum, während die Oberin blieb, die übereinanderliegenden, leblosen Körper mit emotionsloser Miene betrachtete und murmelte:

„Ihr Dreckschweine, ihr verd…" sie stockte kurz, senkte schuldbewusst ihren Kopf, schloss wie um Vergebung bittend die Augen und fuhr fort: „…ihr verfluchten! Ihr habt den mir Anvertrauten einen Schock fürs Leben versetzt! Die armen Geschöpfe werden diese furchtbare Schmach ihr weiteres Leben nicht vergessen können und darunter zu leiden haben! Und darum braucht auch ihr nicht mehr zu leben! Soll dies Gottes Strafe für euch sein, ich bekenne mich dazu!"

Einem Beobachter wäre der harte Zug um den doch mit einem zufriedenen Lächeln umspielten Mund der Schwester Oberin aufgefallen! Nun waren die Nonnen mit den Tragen zurück und alle begannen mit großer Mühe und mit steinernen Gesichtern mit dem Abtransport der Leichen! Ein paar der Nonnen mussten sich zwischenzeitlich übergeben, vier weitere wurden ohnmächtig, aber die Oberin ließ den restlichen Schwestern keine Atempause: aber als interessantes Detail darf erwähnt werden, dass die unerfahrenen Schwestern mit jedem der nach unten transportierten Leichen eine bessere, mehr hilfreiche Transporttechnik herausfanden! Und somit ging alles schneller und schneller, sodass der grausige Transport eher als gedacht beendet werden konnte! Es ging zwei Stockwerke hinunter, dort wurden die Leichen allesamt in den dunklen, tiefen Schacht eines uralten Brunnenschachtes geworfen. Aber es war so schrecklich für die armen Nonnen: nachdem die Toten einzeln über den Brunnenrand geschoben waren, herrschte einige Zeit Totenstille, bis nach einigen Sekunden das Aufschlagen der Körper unten zu hören war! Nach einem innigen Gebet um Verzeihung für ihre schreckliche Tat begab sich die Schwester Oberin mit ein paar Nonnen hinaus auf den Hof. Dort wurden - doch etwas unbeholfen und mit großer Mühe - die nun herrenlosen Pferde der Soldaten abgeschirrt und die so befreiten Tiere mit großem Hallo vom Klosterareal hinauf in den weiten Wald verjagt! Dann schleppten sie auch die Geschirre und Sättel an den Schacht und warfen alles Lederzeug und die Gebiss-Ketten den Leichen hinterher!

Nachdem sie danach auch noch die Tornister der Soldaten in den Schacht entsorgt hatten, rührten einige von ihnen unter der Anleitung der Oberin in einem großen Badezuber Zement mit Wasser und Sand für mindestens fünfzig Holzeimer an. Diese Masse wurde mittels dieser Behältnisse in den Schacht auf die schaurigen Erinnerungen geleert: auf die toten Körper, auf die Zaumzeuge und auf die Tornister! Niemals wieder sollte jemand das schreckliche Resultat der Nonnenrache dort unten finden!

Nachdem alles erledigt war und sowohl der Zuber als auch die Eimer ausgewaschen waren, nahmen einige der Nonnen je einen Reißbesen zur Hand und verwischten damit sämtliche Hufspuren vom Boden des Hofes! Sodann schlüpften alle Nonnen wieder in ihr Schwestern-Habit. Dann begaben sich alle und auch die Schwester Oberin wieder hinauf in den Speisesaal. Hier versanken sie in lange, innige Gebete, bis dann die Oberin zur Bettruhe mahnte: die Messe würde für heute ausfallen, so viel Kraft könnten ihre völlig erschöpften Nonnen sicherlich nicht mehr aufbringen!

Die Oberin begab sich nun in die Klosterkapelle, wo sie sich in der vordersten Bank auf die Knie niederließ, ihre Hände faltete, ihren Kopf darauf ruhen ließ und zu ihrem Gott sprach:

„HERR, ich weiß nicht, ob du uns unser Tun jemals wirst vergeben können? Wir haben dreiundzwanzig Männer getötet: wie viele davon waren verheiratet? Wie viele davon waren jung und wollten sich einmal verloben? Wie viele waren Väter, hatten Ehefrauen oder auch noch Eltern, Geschwister oder enge Freunde? Daran jedoch dürfen wir nach Möglichkeit überhaupt nicht denken! Denn die Erinnerung an dieses Verbrechen allein belastet uns alle schon schwerer als die grausige Tat selbst!"

Und wieder hörte sie die Stimme ihres HERRN:

„Du und deine Schwestern, Ihr werdet diese furchtbare Tat nie vergessen können, ebenso wie ihr die Schandtaten an euch nicht verdrängen könnt! Aber, ganz im Vertrauen, liebe Schwester Oberin: hätte es denn wirklich keine andere Möglichkeit der Vergeltung geben können? Vielleicht Flucht? Eben ganz einfach wegzugehen und somit diesen Männern keinen Boden mehr für weitere Gewalttaten zu bereiten?"

Daraufhin erhob sie sich und begann, in der Kapelle hin und her zu gehen! Sie dachte angestrengt über die Worte des HERRN nach und plötzlich hielt sie mitten im Schritt inne! Sie breitete die Arme seitlich aus, richtete ihren Blick gen Himmel und flüsterte:

„Ja! Ja, genau! Genau das werde ich tun: ich werde alles noch mit Schwester Debora besprechen und danach das Kloster schließen! Diese Bestien hatten unseren heiligen Ort entweiht! Und wir hatten ebenso gehandelt: dies alles hätte nie passieren dürfen! Denn eines weiß ich ganz sicher: werden Nachforschungen angestellt, sollten Polizei oder Militär mit der Befragung der Nonnen beginnen, nie würden allesamt schweigen oder einem starken Verhör-Druck standhalten können!"

Als Abordnungen von Polizei und Militär vier Tage nach dem Verschwinden der Soldaten am Haupttor Einlass begehrten, fanden sie das gesamte Kloster verwaist vor: der komplette Haushalt war sauber geordnet, keine Bettlaken waren mehr da, die Schränke in den Zellen der Nonnen waren leer. Was noch verwirrender für den Kommandanten war: im gesamten Klosterareal waren kein einziges geschriebenes Wort auf einem Blatt Papier, keine Eintragungen in Bücher oder Hefte, oder sonstige Aufzeichnungen zu finden! Der mit Taschenlampen ausgeleuchtete Brunnenschacht war bis zur Hälfte mit schmutzigem Wasser gefüllt! Und auch der Klostergarten zeigte sich in gepflegtem Zustand! Aus diesem bekannten und gut geführten Kloster war ein schweigendes Geisterhaus geworden, dessen uralte Mauern ein schreckliches Geheimnis hüteten!

Auf dem gesamten Areal des Klosters konnten nicht die geringsten Spuren einer Anwesenheit von Soldaten und auch keinerlei Hufspuren entdeckt werden! Und trotzdem veranlasste die Stadtregierung die landesweite Suche nach den Nonnen! Aber es gab ja keine Namen, nach denen man fahnden konnte! Und auch von höchster kirchlicher Stelle gab es keine Auskunft über die in diesem Kloster wirkenden Nonnen! Allein, diese waren bereits zwei Tage nach der furchtbaren Rache-Tat in ihren neutralen, selbstgenähten Kleidungen, mit ihren Ordenstrachten im Gepäck, einzeln weggefahren und hatten sich unauffällig in anderen Klostern über das ganze Land verteilt!

Und der Verbleib der dreiundzwanzig Soldaten? Diese Frage konnte nicht geklärt werden…

Und eines Morgens munkelte man in Alenas Wellblechhütten-Siedlung über die Ankunft einer Hexe, die früher eine Nonne gewesen sein sollte! Mit dem gebotenen Misstrauen begegnete man dieser Frau, aber ihr immer freundliches, sanftes und entgegenkommendes Wesen besiegte rasch das Misstrauen der Bewohner! Die Neue stellte sich als Oma Kandes vor und beeindruckte nach und nach die Bewohner der Siedlung mit ihren unglaublich wirksamen Kräuter-Heilkünsten!

Kimbal Yohm

Kimbal Yohm wurde als einziges Kind des begüterten Ehepaares Rinka und Brant Yohm geboren. Als Rinka ihren Sohn nach der Geburt in die Arme gelegt bekam, war sie völlig überrascht: noch nie hatte sie bei einem Kind solch leuchtend grüne Augen gesehen! Noch dazu wies die Haut ihres Babys eine höchst interessante, ungewöhnliche, gelb-bräunliche Färbung auf! Und mit weiteren Jahren fiel auf, dass Kimbal ein, wie der Volksmund zu sagen pflegte, Milch-bubi-Gesicht hatte: er sah auch in späteren Jahren immer aus, als wäre er erst fünfzehn Jahre alt!

Kimbals Vater Brant Yohm hatte eine steile und erfolgreiche Karriere beim Militär geschafft und auf sein Drängen hin trat sein Sohn Kimbal nach Abschluss seines Abiturs ebenfalls die militärische Laufbahn an. Nach nur drei Jahren hatte der Junge es zum Major gebracht, er war bei seinen Untergebenen sowohl als Vorgesetzter als auch als Kamerad geschätzt und geachtet! Im Alter von 26 Jahren jedoch entschied das Schicksal anders, als die Familie es geplant hatte:

Während einer militärischen Übung im Gelände passierte ein schrecklicher Unfall: ein Blindgänger, also eine eingeschlagene, jedoch nicht detonierte Granate, wurde dem Major Yohm gemeldet. Er fuhr hinaus, um die Angelegenheit zu inspizieren. Entgegen den eindringlichen Warnungen seiner Untergebenen näherte Yohm sich dem Geschoß, welches ca.

einen Meter neben einem frei im Feld liegenden, zirka kleinwagengroßen Felsstück zu erkennen war. Kimbal blieb zuerst in Deckung dieses Felsens und versuchte, Einzelheiten an dem Blindgänger zu erkennen. Da ihm keine Besonderheiten auffielen, trat er vorsichtig heran, um die Stellung des Zünders zu betrachten. Als er sich mit einem weiteren kleinen Schritt dem Geschoß näherte, detonierte dieses! Die Granate zerfetzte Yohms Beine von den Knöcheln aufwärts bis zu den Waden! Seine Untergebenen reagierten rasch und banden die Beine unterhalb der Knie ab. So wurde der bewusstlose Major schwerst verletzt in das nächste Spital gebracht. Dort betrachtete der Notfall-Chirurg den Schaden besorgt, legte seine Hand auf die Riemen, mit denen die Beine abgebunden waren, um den Blutverlust so gering wie nur möglich zu halten:

„Hier, genau hier, lieber Kollege," sagte er ruhig und abgebrüht zu seinem Assistenzarzt, „werden wir amputieren, ok? Sehen Sie sich die ganze Scheiße da unten an: beide Knöchel zerschmettert, Blutgefäße und Muskeln zerfetzt, Rettungschancen für die unteren Beinpartien: Null! Also, wir machen schnell, ja?"

Nachdem Major Yohm aus der Narkose erwacht war, bedurfte es noch längere Zeit, bis er sich mit der neuen Situation abgefunden hatte: seine militärische Laufbahn war zu Ende, das war natürlich klar! Sein Glück war, dass er vermögende Eltern hatte, die alle nur erdenklichen Hilfseinrichtungen, die ihm sein

Krüppeldasein erleichtern sollten, finanzieren konnten!

Wie nun stellte Kimbal Yohm sich sein weiteres Leben vor? Er war ein durch und durch analytisch denkender Mensch:

Erstens: Sein Verstand funktionierte bestens wie eh und je! Zweitens: Es war klar: Kimbal konnte sich ab jetzt nur mehr im Rollstuhl fortbewegen! Allerdings konnte er sich aufgrund der angepassten Fuß-Prothesen zwar nur mit großer Anstrengung, aber doch, und zwar mit Hilfe zweier unter die Achseln geklemmter Krücken dahinschleppen. Drittens: Er hatte keine finanziellen Sorgen. Viertens: Freunde? Hatte er schon keine mehr: nicht ein einziger seiner Kameraden hatte sich seit seiner Entlassung aus dem Spital bei ihm gemeldet! Das schmerzte Kimbal schon sehr, war er seinen Untergebenen doch immer ein zwar strenger, letztlich aber schon korrekter Vorgesetzter gewesen! Aber der Mensch im Allgemeinen merkt sich bekanntlich gerne die leichten Stunden eher als die schweren...

Kimbal war kein gläubiger Mensch, aber diese Frage ließ ihn einfach nicht los und quälte ihn permanent: ob denn dieser furchtbare Unfall vielleicht nicht doch die gerechte Strafe Gottes für den von ihm für seine Leute und für ihn selbst geplanten und auch durchgeführten Überfall auf das Kloster *Der liebenden Schwestern* gewesen war? Und obwohl Kimbal ein äußerst pragmatisch denkender und realistisch agierender Typ war, die Existenz einer übergeordneten Macht saß nach diesem Unfall wie ein unheilbares Geschwür in seinem Denken fest! Aber Kimbal war zudem ein agiler Mann: über sein Schicksal den ganzen lieben Tag nachzudenken war nicht seine Option und er versaß seine Zeit im Rollstuhl nicht inaktiv. Mit dem Geld seiner Eltern zog er - natürlich ohne deren Wissen - einen bestens funktionierenden Rauschgift-Ring auf. Und alles, was Kimbal tat, bzw. organisierte, war bis ins letzte Detail durchdacht und seine ausschließlich erfolgreichen Aktionen waren brillant berechnet! Der einzige Schwachpunkt in dieser von ihm perfekt konstruierten Organisation war, dass er selbst doch eher unflexibel war!

Kimbals Adlatus

Lange hatte es gedauert, bis er meinte, sich auf einen seiner Mitarbeiter wirklich verlassen zu dürfen: auf Jiger Haarxc, einen schmächtigen, mittelgroßen Endvierziger mit schulterlangem, schlohweißem Haar. Dieses trug er je nach Laune einmal offen, so sah er aus wie ein indischer Guru. Dann wieder band er es hinten zusammen und trug das Haar als Pferdeschwanz. Jiger war ein Mann mit immer völlig emotionslosem Gesichtsausdruck! Seine eher unnatürlich bleiche und seinem Alter nicht gerade entsprechende, grob faltige Gesichtshaut mit den schwarzen Knopfaugen und dem beinahe lippenlosen Mund wirkten auf sein Gegenüber immer drohend und unheimlich!

Und Jiger besaß etwas, das ihn für Kimbal sehr, sehr interessant machte: er hasste alles, was im Staat offiziell regelnd agierte: Militär, Polizei, Kontrollorgane, Behörden, etc., etc.!

Jiger war als noch 16-jähriger Junge gemeinsam mit seinen Eltern zu einem Picknick an den Fluss gefahren. Während Vater die Fleischstücke auf den Grill legte und Mutter sich um das Vorbereiten der Beilagen kümmerte, war Jiger hinunter an den Fluss gelaufen, um diese wunderschönen, glatten, färbigen Steine einzusammeln. An diesem Tage jedoch war ihm das Sammlerglück nicht hold und er musste etwa hundert Meter weiter flussaufwärts laufen, um seinen Korb vollzubekommen. Nach vielleicht einer Dreiviertelstunde kam er zurück zum

Picknickplatz und erstarrte entsetzt: da lag Mami neben dem kleinen Regenschutz-Zelt auf dem Rücken, die Arme ausgebreitet, ihren Rock hochgeschoben, mit offenen Augen und...tot! Zehn Meter weiter lag Papi in Seitenlage in seinem Blut: in seinem Rücken steckte das riesige Küchenmesser aus dem Grillbesteck! Und auch Papi war tot! Nach dem ersten furchtbaren Schock rannte Jiger schreiend hinaus zur Hauptstraße, wo er einen Wagen aufhielt und dessen Fahrer die Polizei verständigte!

Die Ermittler arbeiteten unglaublich exakt und bereits nach zwei Tagen konnten die Täter, zwei Brüder aus einer berüchtigten Randsiedlung der Stadt, verhaftet werden! Aber dann kam die große Überraschung: obwohl man eindeutige Beweise dafür gesammelt hatte, dass die zwei, deren Onkel einen einflussreichen Posten im Finanzministerium bekleidete, Jigers Eltern wegen lausiger 400 Rhul ermordet hatten, gab es keine Verurteilung! Die Brüder waren nicht geständig, schwiegen beharrlich und ohne Geständnis war alles nur ein reiner Indizienprozess! Und so ließ sich das Gericht auf eine Verurteilung nicht ein und die beiden Mörder gingen frei!

Bereits einen Tag nach ihrer Freilassung kündigten die Brüder eine große Feier für das nächste Wochenende an: sie hätten dem Gericht ein Super-Schnippchen geschlagen und darauf müsse man natürlich ordentlich einen trinken!

Die Samstag-Feier allerdings konnte nicht stattfinden: am Freitagmorgen zuvor wurden die beiden Brüder mit durchschnittenen Kehlen in ihren Betten aufgefunden! Und noch in derselben Nacht nahmen die Ermittler Jiger fest: sie waren überzeugt, Jiger als Sohn des ermordeten Ehepaares der Tat überführen zu können! Dieser aber legte im Verhörzimmer wortlos zwei Kinokarten auf den Besprechungstisch: er wäre mit einem Freund im Kino gewesen und danach hätten sie in dessen Wohnung ordentlich gesoffen und er wäre auch gleich über Nacht dort geblieben! Der sofort verhörte Freund bestätigte Jigers Aussage in allen (zuvor von den beiden natürlich perfekt abgesprochenen) Details und Jiger war unverzüglich auf freien Fuß zu setzen!

Jiger hatte sowohl durch mehrere gezielte Aktionen in Kimbals Organisation als auch durch seinen immer aufrichtigen Rat dessen Vertrauen gewonnen. Und Jiger war es auch, dem Kimbal die diversen gesammelten Wochen- oder Monatseinnahmen seiner Dealer zum Abholen anvertraute, um sie in die Zentrale in Kimbals Villa zu bringen!

Jigers Schreckenstag

Es war wieder Freitag Spätnachmittag und Jiger war mit dem obligaten schwarzen ledernen Pilotenkoffer, über den er einen dunkelbraunen Jutesack gestülpt hatte, in Richtung Zentrale unterwegs. Entgegen dem Rat seines Chefs, für diese Transporte doch eine Taxe zu nehmen, war Jiger immer zu Fuß unterwegs: er hatte einfach Angst, im Falle eines Unfalles als vielleicht Ohnmächtiger keine Kontrolle mehr über das transportierte Geld haben zu können! Natürlich waren - ebenso wie die Müllkinder auch - Dealer und Geldboten beliebte Ziele der zu allen möglichen kriminellen Handlungen bereiten korrupten und auch gewalttätigen Polizisten! Immer wieder erwischten sie einen Geldboten und man verfuhr, wie es eben so üblich war: der Bote wurde nicht festgesetzt, durfte zehn Prozent der beschlagnahmten Summe behalten und den Rest teilten sich die Uniformierten!

Jiger, mit der satten Monatslosung der Dealer in dem Koffer, war soeben an der großen Schlachterei vorbeigegangen, als er Polizeisirenen vernahm. Sämtliche Alarmglocken gingen bei ihm los, er wusste um den gewaltigen Betrag, den er bei sich trug und den er abzuliefern hatte! Er begann zu laufen und aus reiner Erfahrung stand sein Plan bereits fest: drei Häuser weiter hetzte er in einen Hausflur, lief weiter in den zweiten Hof, wo links an der Hausmauer aufgereiht drei große Müllcontainer standen. Mit einem kurzen Blick noch nach oben versicherte er sich, dass ihn aus einem der Fenster niemand beobachtete! Dann drückte er den Schiebe-Deckel des ersten Containers nach hinten auf, warf den Sack mit dem Pilotenkoffer hinein und zog den Deckel wieder zu. Gleich darauf trat er ruhig und gelassen wieder hinaus vor das Haus auf den Gehsteig und spazierte in der ursprünglichen Richtung weiter! Keine Sekunde zu früh: schon sauste der Polizeiwagen um die Ecke und auf Jiger zu! Dieser blieb stoisch, stand wie unbeteiligt da und drehte sich zum Einsatzwagen hin, der jetzt mit quietschenden Reifen neben ihm am Bordstein anhielt. Drei Beamte sprangen heraus, gingen auf Jiger zu und einer von ihnen schrie ihn an:

„An die Wand mit dir, Jiger!"

Es folgte das übliche Ritual, einer der Beamten tastete Jiger ab, aber weder Geld noch Drogen wurden bei ihm gefunden.

„Na klar, Junge! Natürlich hast du nichts bei dir, das wissen wir ja sowieso!"

„Und weshalb haltet ihr mich dann an?" fragte Jiger frech.

„Weil…weil…aber was soll der Blödsinn?" schrie der eine der Truppe „Hopp, hopp! Rein mit dir in den Wagen!"

Der Wagen ruckte an und sie fuhren eine kurze Streecke hinaus in Richtung Bahnhof. Dort in einer unbelebten Allee hielt der Fahrer an. Der Beifahrer, ein durch und durch unsympathischer Riese mit einem Bulldoggen-Gesicht, offensichtlich der Streifenführer, dreht sich zu Jiger um und meinte ruhig und mit heiserer Stimme:

„Morgen um die gleiche Zeit bist du genau hier, Jiger! Und du bringst fünftausend Rhul mit, oder wir lochen dich ein, bis du schwarz bist, verstanden?"

Jiger kannte die Verfahrensweise dieser Leute zur Genüge: bis zu einer gewissen Grenze konnten sie schalten und walten, wie es ihnen passte und kein höherer Beamter würde ihr Tun überwachen, geschweige denn, ahnden! Und käme im äußersten Falle doch unerwartet jemand Höherer dazu, so deponierten die Burschen unauffällig zweitausend Rhul unter irgendeinen amtlichen Berichte-Stapel auf dessen Schreibtisch und mit Garantie kehrte Ruhe im Stall ein!

„Na, klar, Jungs!" bestätigte Jiger mit abwehrend erhobenen Händen „Bis morgen dann!"

Die drei machten noch ein wenig wilde Gesichter, Jiger stieg aus und der Wagen fuhr ab. Er nahm eine Taxe und fuhr zurück zu dem Haus, wo er die Monatslosung in dem Müllcontainer deponiert hatte. Besonders achtsam durchschritt er jetzt die Durchfahrten in den zweiten Hof, trat an den Container heran und öffnete den Deckel. Im selben Moment blieb ihm sein Herz stehen: der Container war leer! Sofort riss Jiger auch die Deckel der zwei anderen Container auf und alle waren in seiner Abwesenheit geleert worden! Schweiß stand auf seinem Gesicht, sein Puls raste wie ein Maschinengewehr und er zwang sich, Ruhe zu bewahren: *Langsam, Junge, langsam!* begann er zu überlegen: *wie lange war er mit den Polizisten weggewesen? Das konnte, inklusive der Rückfahrt mit der Taxe, maximal eine halbe Stunde gedauert haben!* Soweit Jiger wusste, befand sich die große Müll-Deponie höchstens drei Kilometer von hier! Aber es war bereits gegen achtzehn Uhr und wenn er Pech hatte, waren alle Müllwägen der Stadt abgeladen, eingestellt und die Fahrer vielleicht schon zu Hause bei ihren Familien!

Total aufgeregt hielt Jiger eine Taxe an und ließ sich zur Deponie fahren. Dort angekommen durfte er feststellen, dass der Einfahrtsschranken bereits herabgelassen und das Wärterhäuschen schon nicht besetzt war!

„Meister?" fragte der Fahrer, dem diese Fuhre hier heraus nicht gerade geheuer vorkam, nach rückwärts „Geht´s noch weiter oder wollen Sie aussteigen?"

Jiger war von dem gewaltigen Verlust noch immer derart durcheinander, dass er erst nach wiederholter Aufforderung reagierte:

„Ok, ok! Bringen Sie mich zum großen Kreisverkehr, ja?"

Es war so abgemacht, dass Jiger - sowie auch alle anderen Geschäftspartner Kimbals - sich nie direkt zur Villa fahren ließen oder selbst bis zur Villa fahren sollten! Vom Kreisverkehr gingen alle Besucher Kimbals den einen Kilometer bis zu dessen Villa zu Fuß! Nach etwa fünfzehn Minuten betätigte er den Klingelknopf an Kimbal Yohms pompösem Gartentor. Die Türe sprang auf, Jiger begab sich durch die ebenfalls bereits elektronisch geöffnete Haustüre durch einen Flur nach hinten. Er klopfte an die Türe zu Kimbals Büro, hörte das *„Ja, bitte?"*, öffnete und trat ein. Kimbal saß wie immer in seinem Spezial-Stuhl hinter dem Schreibtisch. Sein für seinen engsten Vertrauten eigentlich immer reserviertes, freundliches Lächeln erstarb, als er Jiger ohne den schwarzen Koffer eintreten sah! Jiger blieb in dem üblichen Respektabstand in der Mitte des Raumes stehen und blickte schuldbewusst zu Boden. Er wusste beim besten Willen nicht, wie er seinem Chef die furchtbare Nachricht überbringen sollte! Kimbal war Realist: da war etwas passiert und es war, davon war er überzeugt, mit Sicherheit nicht Jigers Schuld!

„Nun mein Freund?" fragte er, zwar mit ruhigem, aber doch angespanntem Unterton in der Stimme, „Begegnung mit unseren Freunden von der Polizei gehabt?"

Jiger atmete einmal tief aus und ein: ein riesiger Stein fiel ihm vom Herzen! Kimbal war ein wunderbarer Mensch! Er hatte ein untrügerisches Gefühl für unvorhergesehene Situationen, insbesondere für unangenehme! Kimbal saß nur da und erwartete Jigers Bericht. Dieser räusperte sich einige Male und erzählte unter sporadischem, entschuldigendem Schulterzucken in allen Einzelheiten, was passiert war! Kimbal blieb ganz beherrscht, nickte einige Male und fragte emotionslos:

„Das heißt, unsere Monatslosung - und so wie wir annähernd wissen, handelt es sich hier um einige Millionen - kugelt da draußen auf dem Müllberg herum und keine Sau außer uns beiden weiß das?"

Jiger nickte schuldbewusst. Aber Kimbal zeigte keine Anzeichen von Zorn oder gar von Aggressivität:

„Also, mein Freund, ich denke, das können wir hinkriegen: du bist morgen früh ganz zeitig, also zusammen mit den Müll-Kindern, draußen auf der Deponie, ok? Wir wissen, dass einige der Müllkinder ja gar nicht die Schule besuchen, oder? Und auch wenn der Müll, wie wir wissen, immer erst zu Mittag angeliefert wird, sind auch morgens schon etliche Kinder draußen, um vielleicht doch noch das eine oder andere verwertbare Stück finden zu können, oder nicht?"

Hier aber lag Kimbal grundfalsch: nämlich keines der Kinder aus der Wellblechsiedlung besuchte eine Schule!

„Du versammelst diese Kinder um dich und erzählst ihnen etwas von Geschäftspapieren, die in einem schwarzen Pilotenkoffer leider irrtümlich auf dem Müllberg gelandet sind, ok? Und allen, die morgen draußen sein werden, versprichst du, wenn sie den Koffer finden und diesen zu dir bringen, ein Paar neue Sportschuhe von *Tells*, ok? Sie werden sich in die Hosen scheißen vor Eifer, denn mit eigenen Sportschuhen werden sie keine Verletzungen mehr an ihren Füßen haben müssen, oder?"

Jiger lächelte dazu, nickte und verließ die Zentrale…

53

Kamio Nangjin

Es stank bestialisch. Heute war es ganz besonders arg: die Dreckschweine vom Chemiewerk hatten wieder einmal erfolgreich mit den korrupten Leuten von der Stadtregierung gemeinsame Sache gemacht und sowohl Abluft als auch Abwässer völlig ungefiltert und ungestraft aus dem giftigen Werks-Bauch rausgeschossen! Natürlich taten sie das ausschließlich nachts, wenn die zwar nicht ahnungs-, aber doch wehrlose Bevölkerung ihren vom Tagewerk erschöpften Körpern den so wichtigen Schlaf gönnen mussten!

Der dreizehnjährige Kamio, Sohn der Alena Nangjin, war heute früher als sonst aufgestanden. Wie die meisten seiner Freunde besuchte er praktisch nie die Schule: irgendjemand hatte einmal behauptet, das ganze Lernen sei für die Katz! Aber er könne es auch ohne die blöde Herumsitzerei in den heißen, stickigen Klassenzimmern zu etwas bringen! Er müsse nur hart, skrupellos und geschickt genug werden und dies würde man in keiner Schule, wohl jedoch garantiert im täglichen, banalen Leben lernen können!

Innerhalb weniger Minuten war Kamio am großen Müllberg angelangt Dessen erstickendes Odeur übertünchte den Gestank aus dem Chemiewerk noch um ein Vielfaches, aber der Berg gab den armen Kindern wenigstens die Chance, das eine oder andere Lebensmittel, oder etwas noch Verkäufliches auszubuddeln! Beim

Aufstieg auf den gestern neu angelieferten Dreckshaufen traf Kamio seinen Kumpel Ganda, den Sohn der Familie aus der Nachbarshütte. Ganda war ebenso alt wie Kamio, beide hatten sie ausgemergelte, aber doch zähe Leiber, blauschwarzes, volles Haar und beider tiefer Husten zeugte vom jahrelangen Wühlen in dem giftigen Müllhaufen!

„Hey!" rief Ganda „Heute ganz schön zeitig dran, wie?"

„Ich muss noch irgendetwas Essbares erwischen!" antwortete Kamio keuchend „Unser Geld ist total aus und Mami meint, heute wäre es wieder einmal nichts mit Kochen!"

„Na, und?" entgegnete Ganda „Denkst du vielleicht, bei uns läuft es besser?"

Während sie im Abstand von vielleicht zwanzig Metern den Müllberg hinaufkletterten, konnte Kamio beobachten, wie unten am Fuß des Berges ein Mann mit schlohweißem, hinten zu einem Pferdeschwanz zusammengebundenem Haar einige Müllkinder um sich versammelt hatte und eindringlich zu ihnen sprach.

Beide Buben hatten nun den höchsten Punkt des Müllberges erreicht und begannen, mit großer Erfahrung den Müll mit den Füßen zur Seite tretend, sich hinunter zu arbeiten. Ganda hatte als erster Glück: er trat auf eine halbe, leicht angefaulte Melone! Vor Entzücken schrie er leise auf - niemand der anderen Müllberg-Kinder sollte ja seinen Fund mitbekommen! - und grub die Melone ganz aus den Abfällen heraus! Er sah hinüber zu Kamio, hob sein

Goldstück leicht an und Kamio bezeigte ihm mit erhobenem Daumen seine Gratulation!

Eben wollte Kamio etwas nach rechts ausweichen: seine Erfahrung verriet ihm, dass der gestern zuletzt angelieferte Müll doch etwas weiter östlich und weiter unten, etwa in der Mitte des Berges angehäuft worden war! Die Arbeit der Kinder war unglaublich gefährlich: alle paar Minuten schoss knapp über den Kindern die stählerne riesige Greifschaufel des Müll-Baggers über sie hineg! Und jedes Mal hatte es den Anschein, der Baggerführer mache sich doch wirklich einen Spaß daraus, den hungrigen Kleinen mit seinem tödlichen Gerät jede Menge Angst einjagen zu wollen!

Eben wieder waren Kamio und Ganda gezwungen, sich blitzschnell und auch mit ihren Gesichtern in den Hausmüll zu drücken: krachend sauste die an rasselnden Ketten befestigte Greifschaufel über sie hinweg! Während Ganda sich aufrichtete, um weiter im Dreck zu wühlen, blieb Kamio fasziniert liegen: vor ihm ragte aus dem Müll der schwarze Griff einer Tasche oder eines Koffers! Unauffällig sah Kamio sich um: unten die Gruppe der Kinder und der Mann mit dem schlohweißen Haar waren nicht mehr zu sehen und alle Kinder waren bereits mit Suchen und Wühlen beschäftigt! Nun schob er seine Rechte langsam hin zu dem Griff, immer noch lauernd, ob ihn jemand beobachten sollte! Jetzt schloss sich seine Hand um den ledernen Griff und zog vorsichtig daran! Seine ursprüngliche Befürchtung, es könne sich gar nur um den Griff alleine handeln, wurde nicht bestätigt! Jetzt kam langsam ein dreckiger brauner Jutesack zum Vorschein, in dem ein schwarzer Koffer steckte! Vorsichtig streifte Kamio nun den Sack Stück für Stück ganz von dem vor ihm liegenden Pilotenkoffer ab und begutachtete diesen eingehend: der hatte zwei metallene Schnappschlösser, die an dem unteren der beiden übereinander geklappten Deckel befestigt waren. Ganda blickte sich um und sah Kamio dort drüben noch immer auf dem Bauch liegen:

„Hey, Boy!" überschrie er erstaunt den Lärm des Greif-Baggers „Hast du was zu Futtern gefunden? Du musst nicht gleich alles auffressen, ok? Bring auch etwas mit nach Hause, ok?"

Kamio deutete mit leicht erhobener Linken, dass alles in Ordnung wäre und Ganda grub - zu Kamios Erleichterung von ihm in entgegengesetzter Richtung weg - weiter im Müll! Jetzt legte Kamio die Linke auf eines der beiden Schlösser und drückte leicht darauf. Die Feder gab nach und die Verriegelung schnalzte aus der Fixier-Klammer. Nun verfuhr Kamio ebenso mit dem zweiten Schloss und auch dieses ging problemlos auf! Während Kamio nun langsam die beiden Klappdeckel des Koffers aufzog, fragte er sich doch, wer denn solch einen einwandfrei funktionierenden, schönen Pilotenkoffer auf den Müll warf? Jetzt hatte er die Deckel ganz offen und sah ein braun-grünkariertes Flanelltuch, welches den Inhalt des Koffers vor ihm verbarg. Nun hob Kamio das eine Ende des Tuches ein wenig hoch. Im selben Moment wurde ihm schwarz vor den Augen! Sein Kopf, der auf einem zerfetzten, stinkenden Pullover ruhte, wurde unkontrolliert heiß! Und seine Hände, seine Beine und ganzer Körper wurden durch die Aufregung geschüttelt: dieser Pilotenkoffer war vollgestopft mit Bündeln von Banknoten! Kamio wagte nicht, zu atmen: er versuchte, sich mit Gewalt ruhig zu stellen, indem er die Augen schloss und an einen blauen See, an einen vollgedeckten Tisch und schöne, feste Schuhe für ihn und seinen Bruder Lotser dachte! Es bedurfte dann noch einige Minuten und Kamio hatte sich langsam im Griff! Er hatte erkannt, dass der Bagger jetzt auf dem vis-a-vis-Müllhaufen arbeitete, also konnte der Baggerführer nichts von Kamios Glücks-Fund bemerkt haben! Natürlich war sein erster Gedanke, diesen unglaublichen Fund vor den anderen Kindern zu verheimlichen! Er verschloss den Koffer vorsichtig, erhob sich langsam und deutete grüßend zu Ganda hinüber. Jetzt war es sehr, sehr wichtig, zu entscheiden, wie er seinen Fund unbemerkt vom Müllberg wegtransportieren konnte! Den Jutesack wollte er keineswegs für den Abtransport verwenden: den könnte vielleicht jemand erkennen und ihn selbst an den Besitzer des Koffers verraten!

Einige Meter rechts von ihm sah er ein Stück dunkelblaues Plastik aus dem Müll herausragen. Er stapfte übervorsichtig hinüber: jetzt hätte es noch gefehlt, sich einen Glasscherben, einen scharfen Blechstreifen oder den Biss einer Ratte einzufangen! Bei dem Plastik angelangt, fasste Kamio dieses mit beiden Händen und zog daran. Langsam bekam er es frei und sah, dass es ein großer Sack war und dass sich darin nur alte, zusammengelegte Textilien befanden. Kamio kauerte sich nieder, um nicht von zu vielen seiner Freunde beobachtet zu werden! Er leerte den Sack komplett aus, raffte einige der stinkenden Pullover und Hosen zusammen und begab sich wieder langsam und vorsichtig hinüber zu seinem Koffer.

Kamios Herz klopfte wie wild und auf alles Mögliche musste er jetzt aufpassen: niemand durfte sehen, was er da gefunden hatte! Er wusste: niemals dürfte er seinen Fund in einem Sack oder in einem Karton abtransportieren: sofort wäre er mit dieser Art Verpackung allen anderen aufgefallen! Und schon hatte er gedanklich entschieden, wie er das handhaben müsste: er nahm einige der aus dem Sack geleerten, alten Hosen, und wickelte den Koffer darin ein. Sodann zog er drei der dreckigen T-Shirts über die Hosen und nun sah es wirklich so aus, als würde ein Bündel alter Textilien wegbringen!

Nun musste er so unauffällig wie nur möglich vom Berg runter, dabei darauf achten, sich keinesfalls zu verletzen! Kleine, mittlere, aber auch schwerste Verletzungen der Kinder-füße waren da oben an der Tagesordnung! Kamio nahm nun etliche alte Pullover und stopfte sie sich zusätzlich unter den Arm mit dem Koffer!

Nun konnte schon wirklich niemand erkennen, was er denn hier heute wirklich davontrug! Er winkte seinem Freund Ganda hinüber und begann mit dem Abstieg. Heil unten angelangt, ging er mit forschem Schritt los in Richtung seiner Hütte. Vor lauter Aufregung konnte er kaum atmen!

Nun aber gab es einen weiteren, eigentlich den gefährlichsten Teil der Arbeit der Kinder: das waren die korrupten Polizisten, die des Öfteren die armen Jungs verfolgten, sie anhielten und ihnen, wenn sie gottlob einmal auch etwas für sie doch Wertvolleres auf dem Müllberg ausgegraben hatten, ihren Fund einfach wegnahmen! Und solch eine Szene, die hatte Kamio natürlich ununterbrochen vor Augen, während er kräftig ausschritt! Aber an diesem Tage war Fortuna gnädig: unbehelligt erreichte er die Hütte seiner Mutter, trat ein und begab sich sofort direkt nach hinten in seinen Verschlag, in dem sein Bruder und er ihr Nachtlager hatten.

„Aber, aber?" hörte er seine Mutter fragen, während sie ihm in den Verschlag folgte: „Was Geheimnisvolles hast du denn heute ausgegraben, mein Junge?"

Kamio dreht sich zu ihr hin und legte seinen linken Zeigefinger bedeutungsvoll an seine Lippen! Mit der freien Hand winkte er Mami zu sich her und hieß sie nun stehenbleiben! Verwundert folgte sie seinen Anweisungen, blieb stehen und wartete. Kamio hatte seinen Fund auf sein Lager gestellt, beseitigte die stinkenden Textilien und warf diese in die Ecke.

Sofort wollte Mami die Lumpen wegräumen, aber Kamio deutete ihr, zu bleiben!

Seine Mami schüttelte ihren Kopf, aber sie gehorchte und nun zog Kamio vorsichtig die beiden alten Hosen von dem Koffer, sodass dieser jetzt unbedeckt auf seiner Schlafstatt stand! Der Blick seiner Mutter wanderte von dem Koffer hin zu Kamio und wieder zurück. Jetzt öffnete er lautlos die Schlösser, indem er die beiden zurückschnalzenden Schließen mit der anderen, freien Hand dämpfend abfing! Jetzt hielt er beide Zeigefinger an die Lippen! Seine Mami war komplett verwirrt, sagte jedoch nichts und wartete! Jetzt klappte Kamio die beiden Deckel des Koffers mit beiden Händen langsam auseinander, zuerst nur ein wenig, dann immer weiter. Als die beiden Deckel weit genug geöffnet waren, zog er vorsichtig das Flanelltuch weg und deutete seiner Mami, doch genau hinzusehen!

Sie beugte sich vor und betrachtete ungläubig den Schatz, den ihr Sohn hier nach Hause gebracht hatte! Sie betrachtete eine Weile den Fund, schloss dann die Augen und versuchte, ruhig zu bleiben: ihr Atem ging schneller, ihr Puls raste plötzlich wie verrückt! Es verging sicherlich eine halbe Minute, bis sie endlich sprechen konnte und flüsternd fragte sie:

„Kami?" Sie rief ihn immer Kami „Mein Junge! Was ist denn **das** hier? Bist du vielleicht verrückt geworden und…und…hast eine Bank überfallen, oder was denn?"

Kamio hatte den Koffer losgelassen, drehte sich nun ganz zu ihr hin und erzählte leise, wie er zu diesem Schatz gekommen war! Daraufhin setzte sich seine Mami neben ihn auf das Lager, zog ihn zu sich herunter und meinte nach einigem Überlegen leise:

„Kami! Du musst das jetzt so sehen: nicht dieser Koffer gehört dir, sondern dieser Koffer fehlt jetzt jemandem, verstanden? Und jemand, der solche Summen besitzt, der wird auch mit aller Kraft und mit allen ihm zur Verfügung stehenden Mitteln danach zu suchen wissen!"

Kamio nickte dazu. Er hatte sofort verstanden! Aber bevor er auf die Worte seiner Mami antworten konnte, fuhr diese leise, aber mit eindringlichem Ton fort:

„Jetzt hör genau zu, mein Junge! Du läufst sofort wieder zum Müllberg und spielst alles so ab, wie du es jeden Tag tust: du suchst wie alle anderen Kinder nach Essen oder nach Wertgegenständen, ja? Und wenn dich einer deiner Freunde fragt, wo du denn hingegangen warst, dann erklärst du das einfach mit plötzlich aufgetretenem Durchfall, ok? Was denkst du, werden deine Kollegen jemandem verraten, wenn sie gefragt werden, ob heute Nachmittag irgendetwas anders lief als sonst? Natürlich werden sie sagen, dass der Kamio früher abgehauen war, klar! Und genau das dürfen sie nicht verraten! Also, jetzt ab mit dir und spiele deine Rolle so unauffällig wie nur möglich, mein Kami!"

Und schon eine Viertelstunde später grub Kamio neben seinem Freund Ganda wieder nach allem Möglichen. Auf Gandas durch den Lärm des Baggers herübergerufene Frage, was er denn da weggetragen hatte und wo er denn gewesen war, rief Kamio zurück:

„Also, weißt du, Ganda, ich hatte eine ganze Kiste Birnen ausgegraben! Ich hab sie gleich nach Hause bringen wollen und auf dem Heimweg schon zwei Stück davon gekostet! Na, das ging aber schnell: du, ich glaube, was ich da gegessen hatte, das wirkte leider sofort! Beinahe hätte ich mir in die Hosen geschissen! Aber zum Glück hatte ich es gerade noch bis zur Taverne geschafft!“

„Ts, ts, ts, Kamio!“ rief Ganda kopf-schüttelnd „Sag ich dir denn nicht immer wieder: nichts essen, ohne es vorher gründlich ge-waschen und gekocht zu haben, oder?“ Er lachte dazu kurz auf und fügte hinzu: „Als wenn dieser verdammte Berg nicht schon genug stinken würde, was?“

Kamio hob dankend den Arm, nickte dazu und beide fuhren mit ihrer Arbeit fort…

Alenas weitere, große Sorge

Gleich, nachdem Kamio die Hütte wieder in Richtung des Müllberges verlassen hatte, verschloss seine Mutter den Eingang mit der für die nächtliche Sicherheit vorgesehenen Sperrholzplatte. Dann setzte sie sich auf den Rand ihrer Schlafstatt und wilde Gedanken durchfuhren ihren Kopf: sie konnte bezüglich dieses Schatzes vorerst keine klare Linie für ihr weiteres Verhalten finden! Dann zog sie den zwischen Bett und Ofen postierten Paravent heraus, griff unter das Bett und holte den dort sofort nach Kamios Weggang versteckten schwarzen, schweren Pilotenkoffer wieder hervor. Sie stellte ihn auf den Tisch, zog sich einen Stuhl her, nahm Platz und starrte den Koffer mit zusammengekniffenen Augen an. Nach einer Weile flüsterte sie:

'Wem du gehörst, das weiß ich nicht! Aus welchen Geschäften du aufgefüllt wurdest, weiß ich ebenfalls nicht! Und wie du auf unseren Müllberg kommen konntest, bleibt weiterhin schleierhaft! Aber eines weiß ich sicher, du Hort des Neubeginns: mit dir könnte ich mit meiner Familie ausbrechen, jawohl, ausbrechen aus diesem dreckigen, beschämenden, hoffnungs- und würdelosen Dasein, das meine Buben und auch ich nicht verdient hatten!'

Sie erhob sich, beugte sich über den Koffer und öffnete, wie sie es bei Kamio gesehen hatte, leise und mit angehaltenem Atem die beiden Schlösser! Dann fasste sie die Taschenklappen mit beiden Händen, zog sie leicht hoch und schlug sie zurück! Sie sah das braun-grünkarierte Flanelltuch, atmete noch einmal durch, packte den Koffer an den beiden unteren Ecken und leerte mit vorsichtigem Schütteln desselben den Inhalt auf den Tisch!

Lange und nachdenklich starrte sie auf den Haufen gebündelter Geldscheine hinunter! Natürlich war Alena, wie eigentlich jeder andere Bürger der Stadt auch, durch Presse, TV und Rundfunk über die bedenkliche Kriminalitätsrate in der Stadt soweit informiert, dass sie sich wohl denken konnte, aus welchen dunklen Quellen dieser Geld-Haufen stammen musste! Sollte sie jetzt zählen? Alena blies ihre Wangen auf und ließ die Luft langsam wieder heraus. Und plötzlich wurde ihr schwindelig! Zu ihrem Glück stand der Stuhl hinter ihr und sie konnte sich darauf fallen lassen! Sie atmete jetzt wieder in tiefen Zügen, legte die Arme vor sich auf den Tisch und ihren Kopf darauf. Es dauerte vielleicht drei Minuten und sie hatte sich gefangen! Sie richtete sich auf und betrachtete ungläubig diesen unheimlichen Reichtum! Dann nahm sie ein Bündel in die Hand, zog den Gummiring ab und begann zu zählen. Es waren alles Tausend-Rhul-Scheine! Alena legte, so als wären diese Scheine kostbare, private Dokumente, Schein für Schein behutsam aufeinander. Und als sie fertig war mit Zählen, lagen vor ihr auf dem Stapel exakt zweihunderttausend Rhul!

Einige Sekunden lang war Alena paralysiert: sie war in diesem Augenblick weder zu irgendeiner weiteren Handlung noch zu klaren Gedanken fähig! Der tägliche, beschämende Kampf um Brot, Wasser, Gemüse oder Milch stand in solch unfassbarem Gegensatz zu der vor ihr jetzt aufgestapelten Summe! Dann löste sich ihre Erstarrung langsam und nun begann sie, auch die restlichen Geldbündel zu zählen! Und dann lagen aufgereiht und wieder mit je einem Gummiring versehen, achtunddreißig Geldbündel zu je zweihunderttausend Rhul vor ihr auf dem Tisch! In Summe waren das 7,6 Millionen Rhul! Siebenkommasechs Millionen!! Siebenkommasechs Millionen Rhul lagen hier auf ihrem Tisch, umgeben von entsetzlicher Armut, von Hunger und grenzenloser Hoffnungslosigkeit! Sechshundert Rhul staatliche Unterstützung bezog sie monatlich, um wenigstens Milch, Brot und etwas Fett und Mehl für ihre Familie kaufen zu dürfen! Und plötzlich schossen Alena wie ein Sturzbach Tränen über ihre Wangen! Aber es waren Tränen der Erleichterung, Tränen der Hoffnung und des Glücks! Ihr durch ihren lebensunfähigen Gatten verschuldetes Elend solle bald ein Ende haben!

Langsam begann Alenas Hirn wieder in geordneten und zielführenden Bahnen zu denken: zuallererst musste dieser Koffer samt Inhalt aus ihrer Hütte verschwinden! Doch wohin? Der einzige Mensch, dem Alena bedingungslos vertraute, war Tressa, ihre Nachbarin: beide Frauen hatten in etwa den gleichen traurigen Werdegang hinter sich, nur hatte Tressa noch das Pech, dass ihr Ehemann, ein Spiegeltrinker, noch bei ihr in der Hütte wohnte und ihr das sowieso schon genug schwere, tägliche Los noch unerträglicher machte!

Aber Alena dachte natürlich noch weiter: auch ihre zur Zeit einzige Freundin musste nicht gleich alles über diese Tasche und ihren Inhalt wissen! Tressa brauchte nur ein unbedachtes Wort, eine einzige Silbe zu entfahren und Alenas Plan für die Zukunft könnte sich in grausigem Nichts auflösen! Der Koffer wurde wieder unter das Bett und der Paravent auf seinen alten Platz davor geschoben.

Später kamen Lotser und Kamio zum Mittagessen nach Hause: und es gab wirklich ein Festmahl! Lotser hatte zwei 1-kg-Dosen noch nicht abgelaufene Schweineschulter in Gemüse-saft ausgegraben! Gleich war der Inhalt auf dem kleinen Rechaud heiß gekocht und Alena hatte noch einige alte Stück Weißbrot in Reserve! Mit einem Riesenappetit verschlangen die drei den Glücksfund und Lotser war aufgefallen, dass sein Bruder und seine Mutter sich immer wieder verstohlen lächelnd Blicke zuwarfen!

„Na?" fragte zwischen zwei Bissen „Was habt ihr zwei denn Geheimes im Hinterhalt, hey?"

Sofort wurden die Gesichter der beiden Verdächtigten ernst und Kamio beruhigte seinen Bruder mit einer Erklärung, die er sich heute auf dem Müllberg bereits ausgedacht hatte:

„Also, wir werden dich einweihen, Lozi: Mami hat vielleicht ab nächster Woche Arbeit in der Stadt, ja, wirklich! Aber wir wollten dich überraschen und darum unsere Geheimnistuerei, ok?"

Lotsis Gesicht hellte sich auf und er rief:

„Ist das wirklich wahr, Mami?"

Alena lächelte ihn an und meinte:

„Aber natürlich, mein Junge, es stimmt! Und das heißt, dass ihr beide dann nicht mehr auf diesem grauslichen Müllberg herumkriechen müsst!"

Lotser war aufgesprungen und seiner überschäumenden Freude begann er, in dem kleinen Raum herumzutanzen und im Takt zu rufen:

„Mami wird bald Geld verdienen, Mami ist die Größte! Mami wird bald..."

„Hey!" unterbrach ihn Kamio zischend „Niemand darf davon erfahren, Lozi! Niemand, hörst du? Bevor Mami diese Stelle nicht fix hat, dürfen wir überhaupt nichts davon verlauten lassen, klar?"

Lotser hatte mitten im Tanz inne gehalten und blickte verständnislos auf seine Mutter! Alena aber reagierte sofort und gab ihrem älteren Sohn bekannt:

„Jetzt hör genau zu, Junge: noch zwei andere Frauen aus unserer Barackensiedlung haben sich um diese Stelle beworben! Und der Chef dieser Firma hat mir unter vier Augen verraten, dass ich in der Auswahl an erster Stelle stehe! Aber ich dürfe das, bevor die endgültige Entscheidung gefallen ist, niemandem, verraten! Also Lozi, Mund halten, Mund halten und......
??...nochmals Mund halten! Alles klar jetzt?"

Lotser hatte kapiert, nickte eifrig und schwor, absolutes Stillschweigen über Mamis große Chance zu bewahren!

Die Heilerin

Lotser, 15 Jahre alt und Kamios älterer Bruder, grub etwa zwanzig Meter weiter östlich von seinem Bruder im Müll. Soeben rutschte er vorsichtig den Müllberg hinunter, als er plötzlich einen stechenden Schmerz an der linken Fußsohle verspürte! Sofort setzte er sich nieder und hob den Fuß aus dem Dreck: das war, um eine Infektion tunlichst zu vermeiden, erstes Gebot, wenn man eine Verletzung spürte! Mit den Händen fasste er den Fuß und zog ihn zu sich heran. Jetzt konnte er sehen, dass ein großer Glasscherben eine klaffende Wunde verursacht hatte! Und der Scherben steckte noch in der Sohle! Lotser verspürte jetzt plötzlich keinen Schmerz mehr, aber die Versorgung der Wunde hatte nun wirklich Priorität! Er sah drüben seinen Bruder arbeiten und rief ihn her. Vorsichtig kam Kamio herüber, hockte sich vor Lotser hin und betrachtete die stark blutende Wunde.

„Hey"! rief er „Du musst sofort runter zu Oma Kandes! Hoffentlich ist sie zu Hause! Komm, hoch mit dir!" Er wandte sich um und rief Ganda her. Bei Fällen von solch gefährlichen Verletzungen gab es keine Frage, ob und wer oder wem zu helfen war: hier dachte niemand an seinen eigenen Vorteil! Hier wurde nach einem ungeschriebenen Gesetz unverzüglich gehandelt! Mit Lotser in der Mitte mühten sich die drei Buben vorsichtig den Berg hinunter und kamen vier Gassen weiter unverletzt bei Oma Kandes an. Gott sei Dank, sie war zu Hause, besah sich nur kurz die Wunde und befahl die Kinder mit dem Verletzten sofort in ihren „OP": das war ein halbdunkler, feuchter Raum mit Lehmboden. In der Raummitte stand ein mit einer dünnen Gummimatte und einem weißen, sauberen Laken überzogener Tisch. Lotser wurde darauf gelegt, Oma Kandes murmelte einige unverständliche Sprüche und befahl Kamio, ein Lavoir mit heißem Wasser zu besorgen. Jetzt holte sie aus der Lade unterhalb des daliegenden Lotser eine rostige Kombi-Zange. Mit einem weißen Tuch, das sie lange und immer ausdrückend in das inzwischen eingetroffene heiße Wasser getaucht hatte, wusch sie die Wunde frei. Dabei ging sie nicht gerade zimperlich vor, Lotser stöhnte unter ihren reinigenden Wischvorgängen! Nun sagte sie mit erhobenem Zeigefinger und mit mahnender Stimme zu Kamio:

„Komm her, Kamio, halte seinen Fuß fest, aber so, dass du ihn gut fixieren und dabei die Wunde möglichst stark zudrückst, alles klar?"

Kamio war schrecklich aufgeregt: natürlich gab es laufend Verletzungen auf dem Berg und immer wieder hatte Oma Kandes die Opfer ausgezeichnet versorgt! Aber jetzt, als Assistent für eine Operation mit einer rostigen Kombi-Zange an seinem Bruder?

„Na?" rief Oma Kandes ungeduldig „Wirst du jetzt weitermachen, oder?"

Oma Kandes meinte es natürlich nicht böse, aber sie wusste auch, dass dieser Glas-Scherben ehest aus der Wunde raus musste, sollte doch eine schlimme Infektion durch rasches Handeln vermieden werden! Kamio umfasste Lotsers Fuß mit beiden Händen, um ihn ruhig halten zu können! Zugleich drückte er so den tiefen Schnitt auf der Fußsohle weitgehend zusammen! Nun trat Oma Kandes an den Tisch, packte Lotsers Fuß mit kräftigem Griff an der Ferse und beugte sich ganz knapp über die Wunde! Lotser begann zu wimmern, aber die Oma rief:

„Was winselst du da herum, Junge? Gleich kriegen wir den Scherben heraus! Also…."

Jetzt fasste sie vorsichtig das aus der Wunde herausragende Glasstück mit der Zange und rief:

„So, mein Junge! Und jetzt: einmal tief… tief und lange einatmen, wenn ich Null sage!" Dann zählte sie von drei herunter und bei Null sog Lotser kräftig die Luft ein! Im selben Moment zog Oma Kandes langsam aber unwiderstehlich den Scherben aus der Wunde und hielt ihn triumphierend in die Höhe! Dass Lotser zwischenzeitlich in Ohnmacht gefallen war, zählte für sie überhaupt nicht!

„Warum diese Dreckschweine von Regierung den Müllkindern nicht einmal ein Paar Sportschuhe überlassen? Voriges Jahr sind vier Kinder an Blutvergiftung gestorben! Verdammte Dreckschweine, verfluchte….!" murmelte sie zornig. Sodann schlug sie den lädierten Fuß in ein sauberes Tuch, auf welches sie vorher einen fingerdicken Strang einer ihrer Wundersalben geschmiert hatte! Dann befestigte sie dieses mit einer Haarspange und meinte noch im Weggehen:

„Und jetzt hat er einmal mindestens zwei Wochen Müllpause, ist das klar?"

Damit war für sie die Angelegenheit erledigt! Kamio tätschelte seinem Bruder die Wange, dieser schlug die Augen auf und Kamio lachte ihm ins Gesicht:

„Alles in Butter, Bruderherz! Aber du hast jetzt mindestens zwei ganze Wochen lang Pause und darfst dich ausschlafen, verstehst du?"

An Lotsers ängstlichen Augen erkannte Kamio seines Bruders Verzweiflung: wieder einer weniger, der vielleicht doch etwas zum Essen nach Hause bringen konnte? Aber Kamio, der pausenlos das Bild des Geldkoffers vor Augen hatte, blieb ganz ruhig:

„Lozi, liebster Bruder!" flüsterte er „Du sollst jetzt nicht daran denken, wie wir überleben! Viel wichtiger ist, dass du wieder ganz gesund werden kannst, ok?"

Ganda und Kamio brachten den humpelnden Lotser nach Hause, wo seine Mutter mit stoischer Ruhe Lotsers Lager zubereitete: Verletzungen an den Fußsohlen, an den Beinen und auch an den Händen gehörten eigentlich zum Tagesgeschehen! Und Alena wusste auch, dass solche Wunden durch Oma Kandes´ schnelles Agieren bei Kindern zumeist gut abheilten. Ihr vorrangiges Problem aber war: vor Lozi, der nun den ganzen Tag hier herumliegen sollte, musste das Geheimnis des Geldkoffers unbedingt verborgen bleiben!

Alena sucht eine Verbündete

Beide, Alena und ihr Sohn Kamio, waren mit ihren vollkommen aufgewühlten Gedanken unfähig, den Tag wie immer durchzudenken! Egal, was sie auch angingen, worüber sie sprachen oder was sie planen wollten: nichts ging den normalen Gedankenweg! Nachdem Kamio, als er den Koffer zu Hause abgeliefert hatte, unverzüglich wieder zurück auf den Müllberg gerannt war, setzte Alena sich an den Esstisch und zwang sich, konzentriert zu überlegen:

Sie besaßen nun eine Riesensumme Geldes. Jemandem war dieser Pilotenkoffer abhandengekommen und irrtümlich auf dem Müllberg gelandet! Also durfte sie annehmen, dass dieser Jemand den Koffer in einem Müllcontainer versteckt hatte. Wahrscheinlich hatte zu seinem Pech die Müllabfuhr die Container geleert und die gesamte Ladung mit dem Koffer auf den Müllberg gekippt!

Aber, gleich, wie dieser Koffer nun verloren gegangen war: dieser Jemand würde alles daran setzen, das Geld wieder zurück zu bekommen! Und Alena wusste: auf Kamios Verschwiegenheit durfte sie sich zu einhundert Prozent verlassen! Aber was war mit all den anderen Kindern? Welches Risiko war ihr zweiter Sohn, Lotser? War jemandem auf dem Berg Kamios Abwesenheit, und auch wenn sie nur ein halbe Stunde gedauert hatte, aufgefallen? Immer wieder flimmerte diese Wahnsinnssumme Alena vor ihren Augen: Siebenkommasechs

Millionen Rhul! Für diesen Betrag würde Alena den ganzen Müll-Berg mit ihren bloßen Händen abtragen! Also durfte sie sich auch vorstellen, mit welcher Vehemenz und mit welchem Nachdruck der Besitzer dieser Riesensumme versuchen würde, wieder an sein Geld zu kommen!

Aber da gab es noch jemanden, dem Alena vertrauen durfte: Oma Kandes! Diese durch ein den Bewohnern der Armen-Siedlung nicht bekanntes Schicksal schwer gebeutelte Frau hatte einen riesigen Schatz an Lebenserfahrung! Sie besaß großes und wertvolles Wissen bezüglich Kräuter-Heilkunde und stand jedem hier in der Siedlung, sollte Hilfe benötigt werden, ohne lange zu fragen, tatkräftig und ohne Bezahlung bei!

Aber Oma Kandes hatte einen noch viel wertvolleren Wesenszug: sie war schweigsam, verschlossen wie eine Auster! Und Alena hatte bereits instinktiv beschlossen, sich Oma Kandes anzuvertrauen! Schon eine halbe Stunde später klopfte sie bei Oma Kandes an. Die Alte öffnete ihre Türe vorsichtig nur einen Spalt. Als sie jedoch Alena erblickte, öffnete sie sofort weit und bedeutete Alena, einzutreten!

Sie nahmen auf einer alten, zerschlissenen Lederbank Platz, Oma Kandes bereitete Tee und nach einigen Minuten schlürften sie schon das durch wohlschmeckende Kräuter verfeinerte Getränk! Dann blickte Oma Kandes auf und fragte mit ihrer krächzenden Stimme leise:

„Nun, mein Kind? Ich spüre, dich drückt ein großes Problem, nicht wahr? Bist du gar schwanger? Oder hast du Schulden bei unangenehmen Leuten?"

Sie hatte den Kopf schief gelegt und wartete Alenas Antwort gelassen ab. Diese holte noch einmal tief Atem: wenn sie dieser Frau jetzt ihr Geheimnis verriet, begab sie sich und die Zukunft ihrer Familie vollkommen deren Hand! Aber sie wusste: dieser Koffer musste aus ihrer Hütte raus und darum begann sie ganz leise zu sprechen:

„Ich…ich…mache es ganz kurz, Oma Kandes: mein Kamio hat doch wirklich…"

„Jaja, Kamio!" unterbrach sie die Alte nachdenklich „Er ist ein aufgeweckter, gescheiter Junge und es ist doch wirklich eine Schande, dass er keine Schule besuchen kann, oder?"

Alena überging diesen leisen Vorwurf, nickte nur dazu und fuhr flüsternd fort:

„Kamio hat einen…er hat einen… ganzen Koffer voll mit Geld auf dem Berg gefunden!"

So! Jetzt war es heraus! Alena hatte den Kopf gesenkt, hielt ihre Augen geschlossen und konnte nicht weitersprechen! Die Alte musterte sie mit ungläubigem Blick und fragte nach einigen Sekunden:

„Alena, mein Kleines! Du bist mir hier in unserer Siedlung die Liebste, ja? Aber bitte, bitte bleibst du auch bei der Wahrheit? Das nämlich erwarte ich von dir, liebe Freundin!"

Diese sah nun auf, betrachtete Oma Kandes kopfschüttelnd und meinte:

„Es ist die Wahrheit, Oma! Jawohl, es ist die volle, die ganze und unglaubliche Wahrheit! Kamio hat diesen Koffer wirklich gefunden, kein Mensch weiß, wie dieser Haufen Geld dort auf den Berg kommen konnte! Und, Oma Kandes, wir sind Millionäre! Aber der Besitzer dieses Piloten-Koffers wird ihn suchen, er wird mit Sicherheit auch hierher kommen und…wie soll ich denn jetzt mit diesem vielen Geld verfahren?"

Oma Kandes lächelte ein wenig in sich hinein und meinte dann:

„Also, Alena: zuerst einmal bringst du diesen Koffer unauffällig rüber zu mir. Hier wird kein Mensch nach ihm suchen, ok? Und morgen Vormittag, wenn Kamio oben auf dem Berg ist, setzen wir beide uns hier bei mir wieder zusammen und arbeiten einen vernünftigen, unauffälligen aber effizienten Plan aus, wie ihr drei aus diesem Dreckshaufen hier rauskommen könnt, ja?"

Alena hatte Tränen in den Augen! Sie erhoben sich und Alena nahm Oma Kandes fest in die Arme und drückte sie dankbar für mindestens eine Viertelminute!

„Wenn wir…also wenn wir das durch deine Hilfe schaffen, Oma Kandes," flüsterte sie ihr ins Ohr „dann…dann kommst du natürlich mit uns raus aus diesem Drecksloch, ist doch klar, oder?"

„Jaja!" meinte Oma Kandes ungeduldig, aber lächelnd „Ist doch schon gut, mein Liebes! Ich wünsche dir und deinen beiden Buben doch nur das Beste! Und damit ihr das auch erreichen könnt, werde ich mir etwas Sinnvolles einfallen lassen! Jetzt aber: ab die Post und bring endlich diesen verdammten Koffer her!" Gleichzeitig aber hielt sie Alena noch zurück: „Keinesfalls läufst du mit diesem Koffer hier in der Gegend herum: das Geld bringst du mir alle halben Stunden in Bündeln her, das fällt keinem auf! Den leeren Koffer, den bringst du dann demnächst einmal, in einen alten Pullover eingeschlagen, nachts herüber! Das besprechen wir noch genau, ok?"

Die Verschwörung

Als Lotser drinnen auf seinem Lager eingeschlafen war, traten Kamio und seine Mutter aus der Hütte und spazierten entlang dem Weg aus der Hüttensiedlung. Nach vielleicht hundert Metern, als sie wirklich niemand mehr belauschen konnte, blieb Mami stehen, nahm Kamio bei den Schultern und drehte ihn so, dass sie sich gegenüber standen:

„Höre gut zu, Kami!" sagte Mami leise „Egal, was da auf uns zukommen kann: du spielst deine Rolle, ohne auch nur einen einzigen Jota davon abzuweichen, klar? Ich habe das Geld schon gezählt und man kann das nicht glauben, wieviel das ist, Kami! Dieser Fund könnte unser ganzes Leben zum Guten verändern, aber wir müssen sehr, sehr vorsichtig dabei vorgehen!"

Sie gingen wieder ein Stück weiter, um nicht aufzufallen, aber Kamios Mutter war ja, wie auch einige andere Mütter in der Wellblech-Siedlung, des Öfteren zu Fuß außerhalb des Dorfes unterwegs, alleine, um sich die Beine zu vertreten! Nun waren sie an einer leicht morschen Holzbank angelangt und Alena setzte sich. Kamio nahm neben ihr Platz und sie fuhr fort:

„Alles bleibt beim Alten, ja? Ich aber werde ab sofort Schritt für Schritt unser Leben zu ändern versuchen, mein Junge! Und nur du sollst es wissen: Oma Kandes wird uns dabei helfen! Aber, und das musst du zu einhundert Prozent einhalten: kein Wort zu irgendjemandem, ja? Nicht zu Ganda und auch nicht zu Lozi, klar? Ein einziges falsches Wort ausgesprochen und ein Wirbelsturm wird über uns herziehen, wie wir ihn noch nicht erlebt hatten! Und er wird uns umbringen, Kami, glaube mir das! Also? Du hast alles verstanden, mein Junge?"

Kamio hob den Kopf, blickte seiner Mami in die Augen und da war solch ein unendliches, gegenseitiges Vertrauen zu spüren, dass Kamios Mutter instinktiv wusste: sie könnten es wirklich schaffen, jawohl!

Kimbals kleine Macht

Am nächsten Tag, exakt um 14 Uhr war Jiger, von seinem Chef mit zweieinhalbtausend Rhul ausgestattet, zum Bahnhof unterwegs. Als er den bereits vor einem Nebeneingang zur Bahnhofshalle im Parkverbot abgestellten Polzeiwagen erblickte, blieb er kurz stehen und prägte sich nochmals die drei Sätze, die ihm Kimbal eingeschärft hatte, ein! Dann trat er an den Wagen heran und klopfte leicht gegen die Beifahrerscheibe. Die Bulldogge hatte ihre Mütze abgenommen, stieg aus und baute sich mit seinen knapp zwei Metern vor dem armen Jiger auf! Der Beamte stand über Jiger wie ein Tyrannosaurus rex über einem soeben geschlagenen Wildschwein! Er stemmte seine Arme in die Seiten und meinte mit fadisiertem Unterton:

„Naja? Was kann man denn schon anderes machen, als den reichen Leuten ein bisschen beim Geldausgeben zu helfen?"

Jiger ging überhaupt nicht auf die schwache Ironie des Polizisten ein!

„Hier sind Zweieinhalbtausend!" informierte er mit ausdruckslosem Gesicht den Beamten, während er ihm das Kuvert höchst auffällig hinhielt „Den Rest könnt ihr euch heute Nachmittag bei Kimbal abholen!"

Die Bulldogge wurde urplötzlich hochgradig nervös, schnappte sich den Umschlag, ließ diesen in der Seitentasche seines Rockes verschwinden und zischte:

„Bist du total übergeschnappt, Junge? Soll denn hier jeder sehen können, was zwischen uns läuft?"

Jiger grinste insgeheim! Genau das war es, was diese korrupte Brut gar nicht leiden konnte: wenn die Bevölkerung, welche die Polizei ja zu schützen hatte, über deren illegale Machenschaften erfuhr! Natürlich wussten Kreti und Pleti über die Aktionen der korrupten Beamten Bescheid, aber in ihrer primitiven Überheblichkeit glaubten diese es nicht! Jiger blickte nun gerade auf zu dem Mann und sagte:

„Mein Boss Kimbal Yohm - ich denke, ihr kennt ihn - ?" setzte er ironisch hinzu „möchte euch sprechen! Und zwar noch heute spätnachmittags in seinem Büro! Die Adresse kennt ihr, oder?"

Natürlich kannten die Polizisten Kimbals Anschrift! Welcher Polizist hier in der Stadt kannte die denn nicht? Die Bulldogge blickte Jiger überrascht an und meinte etwas unsicher:

„Und...du...möchtest mir nicht sagen, worum es dabei geht?"

Nun kam Jigers dritter Satz und den sprach er mit unglaublichem Genuss aus:

„Und mein Chef besteht darauf, dass ihr kommt, ok? Wenn ihr nicht auftaucht, gibt es einmal keine zweite Hälfte des Geldes und außerdem schmerzliche Probleme, verstanden?"

Die Miene des Bullen wurde augenblicklich ausdruckslos, Jiger konnte eine interessante Mischung aus Zorn, Angst und Unsicherheit erkennen! Aber er hatte sich umgedreht und entfernte sich schnellen Schrittes von den Blutsaugern!

Der Streifenführer versuchte eine ganze Weile, dahinter zu kommen, was denn der wahre Grund für ihre Einberufung in Kimbals Villa sein könnte? Dann beugte er sich hinunter zu seinen Beifahrern, lehnte sich mit dem Ellenbogen an den Türrahmen und meinte betont gelassen:

„Naja, Burschen! Wenn der große Herr es verlangt, dann müssen wir eben hin, oder?"

Dabei grinste er, aber dieses Grinsen war sichtlich gezwungen: möglicherweise ahnte der Polizist bereits, worum es heute bei Kimbal ging! Nach fünfzehn Minuten waren sie an Kimbals Haus angelangt, der Beifahrer stieg aus und betätigte den Klingelknopf. Gleich darauf wurde das große, schmiedeeiserne Tor automatisch geöffnet und sie fuhren durch den Garten bis hin zur Villa. Dort stiegen sie aus, schon wurde die Haustüre elektronisch geöffnet und sie gingen alle drei den Flur entlang bis zu Kimbals Büro. Sowohl Einrichtung als auch die gesamte Gediegenheit des Hause bedrückten die einfachen Beamten unangenehm! Als sie an Kimbals Büro angekommen waren, wurden sie von innen mit lauter Stimme aufgefordert, einzutreten! Nun standen sie im Büro, hinter ihnen die noch offene Türe und Kimbal begrüßte sie:

„Ja hallo, meine Herren von der Exekutive! Sind Sie so nett und schließen bitte die Türe hinter sich?…Ja, danke!…Aber bitte, nehmen Sie doch in der Garnitur neben Ihnen schon einmal Platz!...Drink gefällig? Nein? Auch gut! Also..."

Nun ergriff Kimbal zwei neben ihm an den Schreibtisch gelehnte Achselkrücken. Mit einiger Anstrengung - zwischenzeitlich bedeutete er den hilfsbereit aufspringenden Beamten, sitzen zu bleiben - arbeitete er sich so weit vor, dass er sich mit dem Gesäß an die Vorderseite seines wuchtigen Schreibtisches aus schwarzem Jacaranda-Holz lehnen konnte. Nun stand er da und fixierte mit emotionsloser Miene die drei vor ihm wie Kaninchen vor einer Kobra geduckt sitzenden Beamen! Jetzt nickte er kurz, holte kräftig Luft und begann:

„Meine Herren! Zuerst hoffe ich, dass Sie meine Anzahlung in der Höhe von zweieinhalb Riesen unbeschadet erhalten konnten?"

Die drei begannen umgehend, auf ihren Sitzen herum zu rücken und die Bulldogge nickte brav!

„Na, wunderbar!" fuhr Kimbal in freundlichem Ton fort „Und jetzt habe ich noch eine Kleinigkeit für Sie zum Vormerken, liebe Polizei:"

Er griff neben sich unter einen leeren Aktenordner, hob diesen ein wenig hoch und hielt nun für die drei Beamten gut sichtbar fünfundzwanzig druckfrische Einhunderter-Scheine hoch!

„Ich denke, wir können heute ein für beide Seiten befriedigendes Abkommen treffen: Sie verlassen gleich nachher mein Büro mit diesen Zweieinhalbtausend Rhul! Und Sie werden nie -

und das meine ich, so wie ich es sage - nie wieder einen meiner Angestellten anhalten, belästigen, geschweige denn filzen, etc., etc.! Habe ich mich klar ausgedrückt?"

Die drei waren derart perplex, dass sie kein Wort hervorbrachten! Jetzt fuhr Kimbal fort:

„Seht mich doch einmal genau an, Burschen!" Sein Ton war nun etwas burschikoser geworden „Was seht Ihr hier? Einen Krüppel, allerdings einen höchst wehrhaften, meine Herren! Denn solltet Ihr meinem Wunsche nicht nachkommen wollen..." die nun folgende Pause war bezeichnend „...so darf ich Euch eines garantieren: seht mich noch einmal genau an und dann wisst Ihr, wie Ihr bzw. Eure Familienmitglieder dann aussehen werden! Ich selbst werde das nicht erledigen können, aber ich habe dafür schon gute Leute angestellt! Ausgesprochen fähige und gewissenhaft arbeitende Kerle! Wir haben uns in dieser Sache verstanden?"

Seine Stimme war so kalt wie ein arktischer Eisberg geworden! Er bewegte sich keinen Millimeter von seinem Platz und sprach kein weiteres Wort! In den Köpfen der drei Beamten rumorte es gewaltig, aber sie hatten begriffen! Die Bulldogge begann nun, leicht zu nicken und gleich darauf deutet Kimbal ihnen mit einer leichten Kopfbewegung, dass sie verschwinden könnten!

Die drei erhoben sich wie auf ein Kommando und hatten vor lauter Aufregung vergessen, die zweite Hälfte des Schwarzgeldes mitzunehmen! Kimbal rief die Bulldogge zu sich

85

und übergab ihm die Geldscheine! Jetzt grüßten die drei beinahe unhörbar und schoben sich aus dem Büro. Unten im Polizeiwagen sahen sie sich an, nickten sich kurz zu und die Bulldogge krächzte heiser:

„Ok, meine Herren! Was heißt das jetzt? Natürlich werden wir ihm nicht in die Quere kommen, ok! Wir kennen zwar Kimbal ein wenig, aber seine Leute? Die kennt kein Mensch und wer weiß denn schon wirklich, was das für fiese Typen sind!"

Damit startete er und sie fuhren ab. Oben stand Kimbal, auf seine Krücken gestützt, hinter dem Fenster, beobachtete die Abfahrt der Polizisten durch den Store und grinste zufrieden: und wieder war eine weitere Hürde in seinem Kampf gegen das Gesetz genommen...

Kamios gefährliches Hobby

Kamio hatte auch ein Hobby, ein besonderes: in dem in der Ecke neben seinem Bett stehenden, vor kurzem neben dem Müllberg gefundenen Terrarium wohnten zwei südamerikanische Giftschlangen! Es handelte sich um eine hochgiftige Spezies: ein einziger Biss konnte einen erwachsenen Menschen innerhalb von fünf Minuten töten! Natürlich sahen die beiden Tiere für einen Unwissenden vollkommen gleich aus, Kamio aber konnte sie auf Grund der Haltung ihrer aufgerichteten Köpfe auseinanderkennen! Die eine hieß Wool, sie erhob, wie alle Klapperschlangen, wenn sie Gefahr witterten, ihren Kopf mit den tödlichen Giftzähnen hoch! Allerdings nie so hoch wie es ihr Terrarium-Nachbar tat: Kamio hatte das Tier Cinn getauft, tat! Er brachte den beiden täglich vom Müllberg ausreichend frisches Futter in Form von Mäusen, Würmern, Heuschrecken, etc., etc. mit: schließlich gab es dort ja nie Nachschubprobleme!

Aber Kamio durfte auf eine echte Besonderheit seiner Tierhaltung sein: ihn alleine bissen die beiden Schlangen nicht! Die Tiere dürften sich an Kamios Geruch und auch daran gewöhnt haben, dass er ihnen täglich frisches, fettes Futter brachte, es in das Terrarium legte und seine Hand danach auch nicht schnell wieder zurückzog: von Anfang an trainierte Kamio seine beiden Freunde, wie er sie nannte, dahingehend, dass er seine futterbringende Hand jeden Tag ein wenig länger neben dem schmackhaften Happen liegen ließ! Und dann, eines Tages, geschah es wirklich: Wool testete zuerst das neue Futter, danach drehte sie sich um und...kroch langsam über Kamios Hand, ohne aggressiv zuzubeißen! Kamios Herz klopfte zum Zerspringen, aber er zwang sich, die Hand im Käfig zu belassen! Als er jedoch beobachten musste, wie Cinn plötzlich mit erhobenem Kopf auf seine Hand zuschoss, befand er es doch für vorteilhaft, diese sofort zurückzuziehen! Cinn blieb noch einige Sekunden mit erhobenem Kopf und halbgeöffnetem Maul neben seinem Gefährten stehen, senkte dann den Kopf und wandte sich, ebenso wie Wool, dem Futter zu!

Kamio war total aufgeregt! Er war überzeugt, auch Cinn würde ihn eines Tages akzeptieren und er selbst hatte Geduld genug dazu, es abzuwarten! Eben betrat seine Mutter den Raum, blickte mit gerunzelter Stirn auf Kamio und seine beiden Freunde: sie liebte ihre beiden Söhne über alles und eben darum hatte sie nie wirklich ein gutes Gefühl, wenn Kamio sich mit seinen beiden sonderbaren Haustieren beschäftigte!

„Hör mal, Mami!" flüsterte Kamio jetzt mit leuchtenden Augen „Wool hat mich akzeptiert, jawohl! Sie ist über meine Hand geklettert, ohne mich zu attackieren! Mami! Weißt du, was das bedeutet?"

Alena sah ihren Sohn ausdruckslos an und wartete. In seiner Euphorie fuhr Kamio fort:

„Sie wird bald mein richtiges Haustier, Mami! Wenn ich sie trainieren kann, macht sie vielleicht auch noch Kunststücke! Und ihr Bruder Cinn, den werde ich ebenso weit bringen können, sicher! Also? Was hältst du davon?"

Alena musste lächeln, obwohl ihr gar nicht wohl war bei dem Gedanken, später einmal in ihrer Wohnung einen Giftschlangen-Zirkus beherbergen zu müssen!

„Phantastisch, Kami, wirklich großartig! Aber du hältst doch immer im Hinterkopf, dass ein Biss, nur ein einziger Biss eines deiner nicht ungefährlichen Haustiere deinen sicheren Tod bedeuten kann? Ist es das überhaupt wert, hmm?!"

Dieser sanft und warnend ausgesprochene Satz seiner Mutter brachte Kamio sofort wieder von seiner silbernen Wolke herunter! Und erst jetzt wurde ihm klar, in welch unglaubliche Gefahr er sich begeben hatte, als er seine Hand im Käfig belassen hatte! Er schluckte kurz und nickte verstehend:

„Das…das weiß ich wohl, Mami! Und ich verspreche dir, immer ganz, ganz besonders aufzupassen, ja?"

Alena lächelte, strich ihrem Sohn kurz über den Kopf, verdrehte ein wenig ihre Augen gen Himmel und ließ ihn wieder alleine mit seinen beiden Freunden…

Und es gelang Kamio wirklich! Es bedurfte noch knappe zwei Wochen und er spielte mit den beiden tödlichen Tieren, so als wären es Goldhamster, weiße Ratten, oder sonstwelche niedlichen Haustiere! Sein Bruder hatte nicht den Mut, sich dem doch sehr eigenartigen Hobby seines Bruders anzuschließen: aber er durfte natürlich immer dabei sein, wenn Kamio seine tägliche Dreißig-Minuten-Show abzog und Wool und Cinn über seine rechte Hand kriechen ließ!

Jiger auf der Jagd

Das war überhaupt nicht Jigers Zeit: sechs Uhr früh! Das war entschieden zu wenig Schlaf, wenn er erst um drei oder vier Uhr morgens von seinen nächtlichen Lokal-Zügen heimgekommen war! Der ebenfalls gar nicht sehr munter wirkende Taxifahrer brachte Jiger zum Eingang des Müllabladeplatzes. Er entlohnte den Fahrer, nicht ohne ihn vorher um dessen Telefonnummer gebeten zu haben: er musste schließlich wieder zurück in die Stadt und das wollte er heute gar nicht zu Fuß bewältigen! Die Taxe war abgefahren und Jiger näherte sich dem Wärterhäuschen, aus dem nun der Aufsichtsbeamte trat und ihn nach seinen Wünschen fragte.

„Guten Morgen, mein Herr!" antwortete Jiger freundlich „Ich muss Ihnen ein Geheimnis verraten: in unserem Büro ist uns ein lederner Pilotenkoffer, ein schwarzer, mit wichtigen Papieren darin, irrtümlich in den Müllcontainer gefallen, niemand hatte das bemerkt und nun liegt es an mir, den Koffer wiederzufinden!"

Der Wärter verzog sein Gesicht zu einer mitleidigen Grimasse und meinte:

„Na, da wünsche ich Ihnen aber eine Menge Glück, lieber Mann! Wann sollte Ihr Koffer denn verschüttgegangen sein?"

„Erst gestern Nachmittag!" antwortete Jiger.

„Naja," meinte der Wärter „Dann könnte es schon sein, dass Sie die Ladungen der letzten drei LKWs noch weiter unten finden! Aber ich würde mich da an die Müllkinder halten, mein Herr: gegen einen kleinen Obolus graben die Ihnen glatt einen Tunnel durch den Berg!"

Dabei lachte er und begab sich wieder zurück in sein Häuschen. Jiger ging nun langsam auf den riesigen Müllberg zu. Der Gestank schien ihn beinahe ohnmächtig zu machen, aber er musste da durch, er biss die Zähne zusammen und kam nun an den Rand, ab dem der Müllberg steil bergauf ging. Über ihm sauste der riesige Greifarm eines Baggers hin und her, da kam ihm ein Gedanke: er musste unbedingt mit dem Baggerführer sprechen: der musste doch aufgrund seiner erhöhten Position ungewöhnliche Aktionen der Müll-Buben bemerkt haben! Er machte sich bei dem Mann durch Winken seiner Arme bemerkbar und lief auf die Riesenmaschine zu. Der Baggerführer öffnete die Seitentüre seiner Kabine, beugte sich heraus und rief durch den Motorenlärm:

„Na, Meister? Was gibt´s denn?"

Jiger stapfte angewidert einige Meter durch den Müll hinauf zur Kabine, stemmte die Arme in die Seiten und rief:

„Chef! Haben Sie gestern Nachmittag vielleicht etwas Ungewöhnliches bei den Müllbuben beobachten können? Also, ich meine, ist da vielleicht einer von denen plötzlich früher abgehauen, mit einem Paket unterm Arm?"

„Nicht dass ich wüsste!" entgegnete ihm der Mann „Aber…warten Sie…achja, drei der Buben haben den Berg so zwischen 15 und 16 Uhr verlassen: und alle drei hatten irgendetwas gefunden, das sie sofort nach Hause bringen wollten!"

Jigers Puls war in die Höhe geschossen: ergab sich hier vielleicht eine interessante Spur zu seinem Koffer?

„Und? Wissen Sie zufällig auch die Namen dieser drei Jungs, oder auch, wo ich sie finden kann?"

„Also, Meister, da fragen Sie mich wirklich zu viel! Aber eines ist sicher: diese Jungs sind alle von der Blechhüttensiedlung drüben am Fluss! Und zwar kommen sie jeden Tag hierher und graben im wahrsten Sinne des Wortes ums Überleben!"

Damit schloss er die Türe und fuhr fort mit seinem Tagewerk, nämlich mit dem Anhäufen des angekarrten Mülls mittels seiner Riesen-Greifschaufel zu einem ewig stinkenden Berg!

Jiger war wieder auf die planierte Straße zurückgekehrt, lehnte sich an einen der wenigen Lichtmasten, die zwischen der Einfahrt für die LKWs und dem Abladeplatz aufgestellt waren. Er zündete sich eine Zigarette an und überlegte: wenn diese Jungs alltäglich hierher kamen, dann mussten sie wohl an ihm vorbei, oder? Er beschloss, zu warten und schon nach einigen Minuten trafen die ersten der Jungs ein! Das war interessant für Jiger: alle trugen bunte, saubere T-Shirts sowie saubere, zumeist dunkle, mittel-lange Hosen! Aber kein einziger von ihnen trug Schuhe!

Jiger ging sofort in medias res! Er hielt den ersten der Ankommenden an und fragte:

„Hey, Junge!"

Der Bub blieb stehen, sah Jiger misstrauisch an und sprach kein Wort!

„Ich hab nur eine kurze Frage: konntest du gestern Nachmittag sehen, ob einer deiner Freunde den Berg früher als gewohnt verlassen hatte?"

Der Junge dachte kurz nach, schüttelte den Kopf und ging grußlos weiter. Er war heute einer der ersten und wollte sich durch eine Unterhaltung mit diesem Fremden nicht aufhalten lassen! *Na, dachte Jiger bei sich, ich bin doch gespannt, ob ich aus diesen Boys nicht vielleicht doch irgendwelche hilfreichen Tipps herausbringen werde?*

Er wartete nun, bis mehrere Kinder bei ihm angekommen waren, scharte sie um sich und fragte sie nach eventuellen nicht alltäglichen Abläufen am gestrigen Nachmittag aus. Aber auch diese Kinder konnten Jiger nicht weiterhelfen! Der nächste, ein schlaksiger, schwarzhaariger Bursch von vielleicht sechzehn Jahren hatte angehalten und gab Jiger zur Antwort:

„Tja, ich weiß nicht, mein Herr, aber ich habe gehört, dass Mino, Gaap und Kamio gestern früher als üblich den Berg runter sind! Und als einziger kam Kamio gleich wieder, vielleicht schon nach einer halben Stunde?"

Jiger stand der Schweiß auf der Stirn! Er musste einige Male schlucken und fragte dann mit krächzender Stimme:

„Konntest du sehen, ob dieser...Kamio ...etwas mit sich trug?"

„Nein, mein Herr! Ich hatte keine Zeit, um ihn zu beobachten!" war die Antwort und damit lief der Bursche schon weiter und dann den Berg hinauf! Aber Jiger hatte nun eine Spur! Er begab sich zum Wärterhäuschen, klopfte den Beamten heraus und fragte:

„Hey, Mann! Ist Kamio heute schon durchgekommen?"

Der Mann zuckte mit den Schultern und antwortete:

„Mister! Ich muss hier meine Arbeit machen, nicht? Also kann ich nicht ununterbrochen die Kinder zählen, wenn sie hier ankommen!"

„Darf ich hier stehenbleiben bei Ihnen und Sie zeigen ihn mir, wenn er auftaucht?"

Der Mann, er schien heute besonders wortkarg zu sein, nickte nur und begab sich wieder in sein Häuschen. Jiger setzte sich auf einen neben der Türe platzierten gebrechlichen Stuhl und wartete. Es dauerte nur einige Minuten, da wurde die Türe geöffnet und der Mann rief heraus:

„Hey, Mann! Kamio ist ja schon länger hier, sehe ich gerade! Ich hab ihn wirklich nicht bemerkt, als er heute früh angekommen war! Der dort ist Kamio, der mit dem gelben T-Shirt und mit der dunkelroten Hose!"

Jiger betrachtete Kamio, der auf halber Höhe des Berges wühlte, aus sicherer Entfernung. Kamio war ein hübscher, schlanker Junge, irgendwie - war das vielleicht Jigers Euphorie? - stach er aus den Reihen der Müll-Buben positiv heraus!

„Hören Sie, Meister!" sagte er so laut, dass der Wärter es gut hören konnte „Wann pflegen die Buben normalerweise den Berg abends zu verlassen?"

„Naja, so gegen 19 Uhr!" rief der Wärter zurück „Also, wenn es beginnt, zu dunkeln: ab dann nämlich wird's gefährlich: sie sehen dann keine Glasscherben, keine Blechstreifen, eben alles, womit man sich ganz schöne Verletzungen zuziehen kann!"

„Ja, und warum denn tragen die Jungs denn keine Schuhe für diese gefährliche Arbeit?" fragte Jiger verwundert. Jetzt trat der Mann aus seinem Häuschen und sah Jiger mit ausdrucksloser Miene einige Sekunden lang an! Jiger atmete einmal kräftig durch: sofort schämte und ärgerte er sich zugleich für diese dumme Frage! Bedauernd hob er die Arme, bedankte sich und betrat das Wärterhäuschen.

„Hey, Mann, darf ich mir von Ihrem Telefon mal kurz eine Taxe rufen?"

Dazu legte er einen gar nicht so kleinen Schein auf den Tisch. Sofort hielt ihm der Wärter den Telefonhörer hin! Jiger bestellte seinen Wagen, grüßte kurz und ging hinüber zur Straße, wo er auf die Taxe warten wollte! Auf halbem Wege dahin blieb er plötzlich abrupt stehen, hielt kurz den rechten Zeigefinger in die Höhe und begab sich gleich darauf im Laufschritt hin zum Kranführer! Mit winkenden Armen bedeutete er dem Mann, sein Seitenfenster zu öffnen:

„Hey, Mann!" rief er hinauf „Sie konnten doch von da oben sehen, dass einer der drei

Buben, die gestern Nachmittag den Berg vorzeitig verlassen hatten, ein Paket oder einen größeren Sack bei sich trug?"

Der Mann stellte den Motor des Kranes ab, blickte nachdenklich hinunter zu Jiger, dann plötzlich hellte sich sein Blick auf und er rief hinunter:

„Aber natürlich! Das war doch dieser Kamio, der mit dem gelben T-Shirt und mit der dunkelroten Hose da oben! Er trug, soweit ich das von da drüben noch sehen konnte, eine Menge dreckiger alter Kleidung weg, kam dann jedoch gleich wieder zurück!"

Dabei deutete er mit dem Arm hinauf auf den Berg, wo Kamio mit seinen Kollegen den Müll durchforstete. Jiger hob dankend den Arm und lief zurück zum Eingang, wo seine bestellte Taxe bereits wartete! Schon eine halbe Stunde später erstattete er seinem Chef Bericht!

Kimbal kombiniert

Nachdem Jiger mit seinem Bericht fertig war, lehnte Kimbal sich in seinem Stuhl zurück, fixierte seinen gegenüber sitzenden Adlatus längere Zeit prüfend und meinte dann:

„Also, mein Freund: ich schätze diese Summe, die in den Müll geraten war, auf etwa sieben Millionen! Das ist ein Schätzwert aus Erfahrung! Sieben Millionen, Jiger! Und denkst du, wenn jemand von den ärmsten der Armen eine solche Summe findet, dass er sie nicht mit Zähnen und Klauen wird verteidigen wollen?"

Jiger nickte nur dazu: mit solchen Summen war er, seit er für Kimbal arbeitete, schon des Öfteren konfrontiert gewesen! Und nie, niemals war ihm in den Sinn gekommen, sich unrechtmäßig an den ihm anvertrauten Riesenbeträgen zu bereichern! Obwohl das Fehlen von zum Beispiel ein paar Tausendern mit Sicherheit unbemerkt geblieben wäre!

„Nun, mein lieber Jiger," fuhr Kimbal fort „jetzt dürfen wir mit großer Sicherheit annehmen, dass dieser kleine Falott sich unseren monatlichen Umsatz unter den Nagel gerissen hatte! Nächster Punkt: wie bekommen wir heraus, ob er das Geld wirklich hat und wo er es versteckt hält? In ihrer Blechhütte wird die Familie solch einen Betrag mit Sicherheit nicht aufbewahren, oder?"

Jiger wiegte seinen Kopf und sagte:

„Gar nichts werden wir aus ihm herauskriegen, Chef! Der lässt sich eher die Hände und

Beine abhacken, als dass er uns verrät, wo der Koffer versteckt liegt! Er weiß, dass seine Familie mit diesem Betrag für immer und ewig saniert sein wird und sich aus diesem Dreckskaff loslösen kann!"

„Und?" meinte Kimbal „Was schlägst du daher vor?"

Jiger spitzte die Lippen und sah sich mit gesenktem Kopf wie suchend im Raum um. Dann hob er unerwartet den Kopf, sah seinen Chef mit listig zusammengekniffenen Augen an und sagte leise:

„Ich denke, Chef, wir sollten uns gar nicht lange mit dem Verhör des Jungen aufhalten: hier werden wir etwas kräftiger nachhelfen müssen: um das Geld so rasch wie nur möglich wieder zu beschaffen, werde ich mir etwas Besonderes einfallen lassen müssen! Denn, je länger wir nämlich herumdoktern, desto kleiner wird unsere Chance, den Koffer wiederzufinden!"

„Ok!" stimmte ihm Kimbal zu „ Und was im Detail schlägst du vor?"

„Ich denke, wir müssen erst einmal zu einhundert Prozent sicher sein, dass diese Familie unseren Koffer auch wirklich hat! Wenn dem so ist, dann brauchen wir uns nicht mehr auf den Müllberg, sondern nur mehr auf diesen Kamio und auf seine Familie zu konzentrieren, nicht? Erst dann kann ich mir vorstellen, wie ich wieder an den Koffer kommen werde!"

„Oh, oh!" nickte Kimbal dazu „Du scheinst mir wirklich ein geschickter Bursche zu sein, Jiger! Also: dann mach dich auf den Weg und forsche aus, wo unser Koffer denn herumliegt, ok?"

Jiger erhob sich, ging zur Türe, drehte sich nochmals kurz um und sah seinen Chef einige Sekunden lang durchdringend an! So als wüsste Kimbal, worum es ging, hob er beschwichtigend seine Arme und rief leise:

„Jaja, ist schon ok, Jiger! Natürlich wirst du ein schönes Stück vom Kuchen abbeißen dürfen, ist das ok?"

Mit ausdruckslosem Gesicht nickte Jiger noch einmal und verließ grußlos das Büro!

Alenas erster Schritt zum Ausstieg

Die Buben waren zum Müllberg gegangen und Alena, begann, sich für den ersten Stritt zur Ausführung ihres streng geheimen Planes vorzubereiten:

Niemand in der Armensiedlung konnte sich einen Friseur leisten! Daher bürstete Alena ihre Haar streng nach hinten und hielt sie mit einem noch aus ihren wohlhabenden Zeiten aufgehobenen Haarreif zusammen. Sie nahm das Kleid in dezentem taubenblau aus dem Schrank und probierte es vor dem Spiegel an. Ein anderes hatte sie ja nicht! Nun schloss sie auch den dazugehörenden schmalen, hellgrauen Gürtel und nickte zustimmend: sie war immer noch eine attraktive Frau und dies, das war ihr sehr wohl bewusst, verdankte sie nur ihrer gottgegebenen Genetik! Viele andere Frauen mit ähnlichem Lebenslauf waren abgesackt, hatten begonnen zu trinken oder waren auf andere Weise zugrunde gegangen! Nicht aber sie selbst: ihre beiden Buben waren ihr höchste Aufgabe und ihr erstes Ziel, moralisch nie in einen irreparablen Zustand abgleiten zu dürfen!

Nun schlüpfte sie in ein Paar dunkelgraue Sandalen, warf noch einen prüfenden Blick in den Spiegel und nahm ihre Handtasche auf. Gleich darauf klopfte sie leise an Oma Kandes′ Türe:

„Ja, bitte?" hörte sie die Alte fragen.

„Ich bin′s, Oma Kandes!" sprach sie so laut, dass ihre Freundin es noch hören, aber doch

so leise, dass die Nachbarn es nicht mitbekommen sollten „Ich muss an den Herd!"
Das war der Geheim-Code, welchen die beiden Frauen vereinbart hatten, um Alena bei Oma Kandes ungehindert Zutritt zu bekommen! Gleich darauf öffnete die Alte und ließ Alena herein. Oma Kandes betrachtete Alena in ihrer ungewohnten Ausstattung mit gefälligem Blick: so gefiel ihr die Freundin wirklich! Sie nahmen auf dem Ledersofa Platz und Alena informierte Oma Kandes:
„Hör mal, liebste Freundin, ich möchte heute beginnen, unseren Plan zum Verlassen dieser stinkenden Siedlung vorzubereiten! Dazu brauche ich ein wenig Geld, vielleicht so ein- oder zweitausend Rhul?"
Oma Kandes nickte langsam, dann sah sie Alena eine Zeit lang an und meinte:
„Sehr, gut, meine Freundin, sehr gut! Bedenke jedoch immer, dass du, wenn du in deine Armensiedlung zurückkehrst, bettelarm bist, ja? Du wirst, solange du hier haust, immer deine alten Fetzen und ausgetretenen Schuhe tragen müssen, auch wenn du hunderte Millionen unter dem Bett versteckt hättest! Du weißt, wie das laufen kann: jemand schöpft Verdacht, ein Gerücht hier, ein Verdacht da und ihr seid aufgeflogen mit eurem Reichtum, verstanden?"
Alena nickte nur, ohne ihren Blick von der Freundin abzuwenden und Oma Kandes fuhr fort:
„Wenn du meinen Rat hören möchtest: besorge für euch zuerst eine Wohnung in der

Stadt, wo du die neu angeschafften Kleidungsstücke für dich und deine Jungs und alles, was ihr für ein neues Leben benötigt, vorerst deponieren kannst! Natürlich sollst du dort auch in einem Kühlschrank einige Leckerbissen für euch lagern können! Aber halte bitte immer im Hinterkopf, meine liebe Freundin: bleibe nie zu lange weg von hier! Du weißt, überall gibt es Ohren und Augen, mit denen du nicht rechnest! Also, mit einem Wort: du darfst keinesfalls durch eine plötzliche, radikale Änderung unserer hier üblichen Gewohnheiten auffallen! Und jetzt: für diesen ersten Schritt, liebe Alena, wirst du schon ein wenig mehr benötigen, als nur zwei Tausender!"

Damit erhob sie sich und begab sich in den Nebenraum. Mit fünf Stück Tausenderscheinen kehrte sie zurück und legte diese neben Alena auf das Ledersofa! Alena sah auf das Geld nieder, schüttelte nur leicht den Kopf und plötzlich begann ihre Schulter konvulsivisch zu zucken und Tränen rannen ihr über die Wangen! Oma Kandes setzte sich sogleich neben ihre Freundin, umarmte sie und drückte sie einige Sekunden kräftig an sich:

„Nana, meine kleine Alena!" flüsterte sie ihr ins Ohr „Mach jetzt nur nicht schlapp, ok? Immer musst du im Bewusstsein haben: ihr drei geht jetzt einer neuen Zeit, einer glücklichen Zukunft entgegen!"

Sie ließ Alena los, nahm die Scheine auf und hielt sie ihrer Freundin vor das Gesicht:

„So, Mädel, das hier sind die ersten Stufen zu eurem besseren Leben! Aber, bitte, versau das alles nicht, ok?"

Alena musste lächeln, wischte sich die Tränen aus dem Gesicht, nahm das Geld und erhob sich:

„Ach, meine liebe Freundin!" sagte sie leise mit zitternder Stimme „Wie werde ich dir danken können, wenn dies alles vorbei sein wird?"

Doch plötzlich hob Oma Kandes ihre Rechte, bedeutete Alena, noch zu warten und ging hinüber zu der hohen Kommode. Aus der dort stehenden Obstschüssel nahm sie einen aus einer bekannten Tageszeitung ausgeschnittenen Annoncenteil:

„Sieh mal, Alena!" meinte sie noch „Hier annonciert eine Immobilienfirma einige Wohnungen zur Miete am Stadtrand! Also, wenn du dir das alles ansehen willst, dann nimm unbedingt eine Taxe: sonst wirst du zu lange weg-bleiben und das darfst du nicht, ok?"

Alena nickte gehorsam, aber Oma Kandes hielt sie noch einmal zurück:

„Und jetzt pass gut auf, was ich dir noch mitgebe auf deine Entdeckungsreise, meine liebe Freundin: Du brauchst unbedingt eine vollmöblierte Wohnung, ja? Denn wenn du schon abhauen willst von hier, kannst du nichts, aber auch gar nichts mitnehmen! Das würde sofort auffallen, Alena, klar? Und nimm dir keine Wohnung im Zentrum: Geld dafür hättet ihr ja zur Genüge, aber die Leute, die ihren Geldkoffer wiederhaben wollen, werden natürlich zuerst in der Stadt Ausschau nach neu angekommenen Familien halten! Also, nur am Stadtrand und, wenn möglich, natürlich in der Nähe einer Schule! Deine beiden Buben werden in ein neues Leben, aber sicherlich nicht ohne Schule einsteigen, klar?"

Wieder nickte Alena und musste ein paar Mal Luft holen: da war schon Einiges, auf das sie sehr achten musste! Aber Oma Kandes war noch nicht fertig:

„Dann noch eine nicht so unwichtige Kleinigkeit, Alena: verstaue deine Tausender in verschiedenen Fächern deiner Handtasche, denn nie sollst du vor jemandem einen ganzen Packen Scheine herausnehmen! Das ist einfach zu gefährlich! Also: zum Bezahlen immer nur ein oder zwei Scheine in die Hand nehmen!"

Alena schüttelte laufend und leicht den Kopf: woher nur nahm ihre Freundin dieses Wissen über die schändliche Welt da draußen? Aber jene war immer noch nicht fertig:

„Und jetzt präge dir noch ein, liebste Alena: nie, aber auch wirklich nie sollst du etwas bezahlen, ohne eine Wohnung persönlich gesehen zu haben! Diese Immo-Dreckskerle geben dir einige Adressen, nehmen dir einen Tausender ab und sämtliche Adressen gibt es dann gar nicht! Das glaubst du nicht, aber ich habe schon zu viel davon gelesen! Also: du bestehst immer darauf, die zu besichtigende Wohnung ausschließlich in Begleitung eines Angestellten oder des Chefs des Vermittlungsbüros ansehen zu wollen, ok? Nur dann nämlich hast du die Gewissheit, dass es diese Wohnung auch wirklich gibt!"

Dann machte Oma Kandes noch ein gespielt böses Gesicht und deutete mit dem Daumen zur Türe:

„Und jetzt, mein Mädel, ab in den Sumpf der City mit dir!"

Alena blies die Backen auf, ließ die Luft wieder ab und musste lächeln: was wäre sie ohne ihre Freundin? Sie umarmte Oma Kandes noch einmal ganz fest, dann trat sie hinaus und wandte sich dem nördlichen Ausgang der Wellblechsiedlung zu! Sie hatte das Geld gut verteilt in ihrer Handtasche verstaut. Natürlich wollte sie nicht auffallen und einer Bekannten, der sie beim Verlassen der Siedlung begegnete, verriet sie mit geheimnisvoller Stimme, dass sie sich in der Stadt bei einer Firma wegen eines Postens als Putzfrau bewerben wolle! Natürlich wusste die ganze Siedlung innerhalb weniger Minuten, dass Alena Nangjin wegen eines Vorstellungsgespräches in die Stadt gegangen war!

Als Alena dann zu Fuß schon knapp zwei Kilometer von der Siedlung entfernt war, hielt sie eine Taxe an und nannte dem Fahrer die Adresse eines der in dem Annoncenblatt angeführten Vermittlungsbüros.

Kamios Schock

Kamio war zwar täglich auf den Müllberg gegangen, aber in seinem Kopf sausten tausend Gedanken umher: werden sie gefahrlos das Geld behalten können? Was wird sein, wenn man ihn direkt anspricht wegen des Verbleibes des Koffers? Wie wird Mami es wohl schaffen, sie alle drei aus diesem Scheiß-Kaff herauszuholen, ohne dass es den anderen Bewohnern auffallen könnte?

Sein Tag heute war vollkommen ergebnislos gewesen: ob es nun seine Gedankenverlorenheit oder wirkliches Pech war, das konnte er nicht sagen. Aber er machte sich ermüdet und mit leichten Verletzungen an beiden Händen auf den Heimweg. Soeben war er von der Hauptstraße, welche zu ihrer Blechhütten-Siedlung führte, in die Gasse eingebogen, als er von hinten von Jemandem mit heiserer Stimme angerufen wurde:

„Ey, Kamio?"

Kamio schoss das Adrenalin hinauf bis ins Gehirn! Instinktiv spürte er, dass der Angriff nun beginnen würde! Er blieb stehen, drehte sich um und sah einen mittelgroßen, weißhaarigen Mann mit bleichem, ausdruckslosem Gesicht, dessen schwarzes unheimliches Augenpaar ihn wie eine Nagelmaschine fixierte! Und Kamio meinte, ohnmächtig werden zu müssen: war das nicht der Typ, den er gestern Morgen unten am Müllberg zusammen mit seinen Freunden gesehen hatte?

Der Mann kam noch einige Schritte an Kamio heran, blieb stehen und meinte:

„Nun, mein Junge: ich mache es kurz, damit du rasch nach Hause kommen kannst, okay?"

Kamio schwieg. Er schaffte es wirklich, ruhig zu bleiben, er sah dem Mann ohne Furcht in dessen schwarze Augen und wartete. Er konnte eine leichte Unruhe an dem Fremden bemerken: in diesem emotionslosen Gesicht hatte es ein paar Mal ein leichtes Zucken am rechten Auge gegeben!

Nun legte der Mann seine Hände auf Kamios Schultern, ging vor ihm in die Hocke und setzte sich auf seine Fersen. Somit waren ihrer beider Augen auf gleicher Höhe.

„Also, Kamio!" begann der Mann jetzt leise zu sprechen „Ich weiß es, also, ich weiß es wirklich ganz genau, dass du unseren Geldkoffer gefunden hattest!"

Er hielt inne und beobachtete den Jungen. Aber Kamio reagierte überhaupt nicht so, wie erwartet! In seinem Kopf gab es nur ein einziges, klares Bild und das war das neue Leben mit Lotser und seiner Mami in der Stadt mit diesem gefundenen Geld! Und somit wuchs in seinem Kopf mit jeder Sekunde die Sicherheit und ein stählerner Widerstand! Er räusperte sich kurz und fragte, ohne auch nur die kleinste Unsicherheit in seiner Stimme:

„Mein Herr? Ich weiß überhaupt nicht, wovon Sie sprechen!"

Dabei sah er furchtlos in die schrecklichen, schwarzen Augen des Fremden. Dieser schloss nun mit einem Seufzer die Augen, holte einmal tief Luft und fragte:

„Weißt du, Junge, was eine Rasierklinge ist?"

„Aber sicher doch, mein Herr!" antwortete Kamio.

„Und du weißt auch, wofür man eine solche Klinge verwendet?"

Kamio machte große Augen und sagte mit einer köstlichen Unschuldsmiene:

„Aber natürlich, mein Herr! Man kann sich damit den Bart rasieren!"

„Fein!" sagte der Mann mit leichtem Kopfnicken „Und kannst du dir vorstellen, dass man damit auch ein Gesicht verstümmeln könnte? Zum Beispiel das deiner… Mami?"

Die von Jiger erwartete Reaktion des Jungen blieb komplett aus! Im Gegenteil: er sah, dass Kamio seine Lippen zusammenpresste, ihn mit zusammengekniffenen Augen anstarrte und schwieg. Tiefer Hass war es, der Kamio erstarren ließ: in Sekundenbruchteilen lief in seinem Kopf ein Film ab, der zeigte, wie er dieses Dreckschwein da vor ihm mit dem Fuß in ein tiefes, feuchtes Grab hinunterstieß! Jiger dagegen war total verwirrt! So hatte er sich den Ablauf seines Planes aber gar nicht vorgestellt: für ihn war klar gewesen, dass er heute Abend mit dem Geldkoffer bei seinem Chef aufkreuzen und die versprochene Prämie einkassieren würde!

Er sah den Jungen noch einige Sekunden lang direkt an, dann richtete er sich auf, deutete mit dem rechten Zeigefinger auf ihn und sagte mit kalter Stimme:

„Eines, mein Junge, weiß ich jetzt ganz genau: du wirst mir den Koffer gerne zurückgeben wollen, wetten?" Damit drehte er sich um und ging mit raschem Schritt die Straße, die nach etwa drei Kilometern im Zentrum endete, davon. Kamio stand noch mehr als eine Minute unbeweglich da und bemühte sich, das soeben Vorgefallene in allen Einzelheiten zu verarbeiten! Und erst jetzt begann sein ganzer Körper zu zittern! Was ihm große Sorgen bereitete: dieser Fremde hatte es auf ihre Mami abgesehen! Und darum musste er sie vor ihm beschützen! Aber wie sollte er das denn bewerkstelligen? Er musste, ob er wollte oder nicht, täglich frühmorgens auf den Berg rauf, da führte kein Weg vorbei! Vielleicht könnten sein Bruder Lozi und er abwechselnd zu Hause bei Mami bleiben, während der Andere sich auf den Müllberg begab?

Kamio beschloss, seiner Mami noch nichts von dem schrecklichen Fremden zu erzählen: so schnell würde der seine Drohung sicher nicht verwirklichen wollen! Er machte sich nun langsam, mit tausend wirren Gedanken im Kopf, auf den Heimweg…

Die Wohnungssuche

Die Taxe hielt vor dem Haus mit der dem Fahrer genannten Adresse. Alena stieg aus, der Wagen fuhr ab und sie blieb noch einige Sekunden am Gehsteigrand stehen: noch immer nicht konnte sie realisieren, dass sie hier stand, um nach einem neuen Heim für ihre Familie Ausschau zu halten! Nun holte sie ein paar Mal tief Luft und ging hinüber zum Haustor. Neben dem Eingang war eine Sprechanlage angebracht. Alena betätigte die Taste neben dem Firmenschild *Universum-Immo*. Schon summte der Türöffner und sie trat ein. Einige Stufen führten hinauf zum Mezzanin. Nach links ab ging eine Türe mit der gleichen Aufschrift und Alena wollte eben den Knopf drücken, als die Türe geöffnet wurde. Sie stand einer schlanken, sehr jungen, eigentlich recht hübschen Frau gegenüber. Nur deren hellgrün gefärbte Haare wollten Alena überhaupt nicht gefallen!

„Guten Tag!" grüßte das Mädchen freundlich „Bitte kommen Sie doch herein! Was dürfen wir für Sie tun?"

Alena war noch etwas zurückhaltend, trat aber ein und blieb gleich hinter der Türe stehen:

„Ich suche eine komplett möblierte Drei- oder Vier-Zimmer-Wohnung, nicht unbedingt im Zentrum, aber in der Nähe einer Schule!" trug sie ihre Vorstellungen dar.

„Aber ja!" meinte das Mädchen und bat Alena weiter. Sie ging vor bis zu einer mit rotbraunem Leder gepolsterten Türe, öffnete diese vorsichtig, steckte ihren Kopf durch den Spalt und fragte:

„Frau Chefin, sind Sie frei? Hier möchte eine Klientin eine möblierte Vier-Zimmer-Wohnung anmieten!"

Alena wurde hineingebeten, ging in dem mit antiken Möbeln eingerichteten Raum einige Schritte weit und blieb vor einem mächtigen Teakholz-Schreibtisch stehen. Dahinter saß eine sonderbare Person: es handelte sich um eine etwa siebzig Jahre alte, grauhaarige Frau, die nach Alenas Schätzung mindestens so um einhundertunddreißig Kilogramm wiegen musste! Durch ihre Fettleibigkeit gab es in ihrem Gesicht keine einzige Falte und ihre Augen verschwanden beinahe gänzlich hinter kräftigen Fettpolstern! Sie trug einen orangenfarbenen, langärmeligen Rollkragenpulli und um ihre Schultern hatte die Frau einen dunkelblauen Wollschal gelegt. Ihre dicken Finger waren vollgesteckt mit schwer-goldenen Ringen mit verschiedenfarbigen Schmucksteinen.

Alena trat an den Schreibtisch heran, grüßte und blieb wartend stehen. Die Frau sah auf, grüßte ebenso und meinte mit keifender Stimme, ohne Alena Platz anzubieten:

„Soso! Eine vollmöblierte Wohnung brauchen Sie? Kein Problem! Bei Universum-Immo sind immer jede Menge Angebote vorhanden, meine Liebe!" Sie griff nach einem rechts von ihr auf dem Tisch liegenden Stapel, entnahm ihm ein A4-Blatt und meinte: „Hier, mein Kind, haben

Sie eine Liste mit Adressen solcher freien Wohnungen!"

Sofort klingelten bei Alena alle Alarmglocken! Oma Kandes´ Rat klang ihr noch in den Ohren, aber sie wartete ab und schon fuhr die Alte fort:

„Schauen Sie sich alle diese Wohnungen an, die müssten alle frei sein! Wenn Ihnen keine davon gefällt, kriegen Sie weitere zehn Adressen von mir, ok?" Sie blickte auf und Alena wurde quasi angesprungen von der Gier aus den Augen der Alten! „Draußen bei Minnie erlegen Sie die Vermittlungsgebühr in der Höhe von…von… naja, sagen wir einmal achthundert Rhul, ok?"

Alena nickte, so als wäre sie einverstanden. Sie wandte sich grußlos um und ging durch den Vorraum, in dem das Mädchen an ihrem Schreibtisch saß und ihre Nägel feilte. Alena grüßte und öffnete die Eingangstüre. Als sie die paar Stufen hinunter zum Haustor ging, öffnete sich plötzlich hinter ihr die Türe zu dem Vermittlungsbüro und das Mädchen rief leise:

„Hey! Bleiben Sie bitte noch!"

Alena hielt an, wandte sich um und dachte: *'Was soll das denn jetzt?'*

Das Mädchen trat an sie heran und flüsterte:

„Bitte, liebe Frau, warten Sie noch! Hier," sie hielt Alena einen beschriebenen Zettel hin und meinte dazu: „Gehen Sie zu dieser Adresse. Das ist gleich, nachdem Sie aus dem Haus herauskommen, die erste Straße links, die Hausnummer 34. Das Büro heißt *Immo-Welt.*

Dort in diesem Immobilienbüro arbeitet meine Schwester, Gondhina mit Namen! Sagen Sie, dass Sie von mir rekommandiert sind und sagen Sie ihr, welches Objekt Sie brauchen! Sie wird Ihnen sicherlich helfen! Mit meiner Chefin da drinnen aber sollten Sie keinesfalls Geschäfte machen!"

Alena blickte sie verwundert an:

„Ja, aber, warum arbeiten Sie dann in dieser Firma?"

Das Mädchen senkte ihren Kopf und antwortete nach einigem Nachdenken:

„Es ist die Bezahlung, ja! Ich weiß, dass ich die beste Bezahlung als Assistentin in einem Immobilienbüro bekomme! Aber ich hasse meine Chefin wegen ihrer Unehrlichkeit und wegen ihrer Betrügereien! Sehen Sie: keine einzige dieser Adressen, die sie Ihnen gegen Bezahlung überlassen wollte, gibt es wirklich! Sie wären sofort die achthundert Rhul losgeworden, ohne irgend eine Wohnung gesehen zu haben!"

Alena schüttelte den Kopf, hielt dem Mädchen ihre Hand hin und sagte:

„Danke! Ehrlichen Dank für Ihre Auskunft und für Ihre Hilfe! Ich wünsche Ihnen alles Gute!"

Das Mädchen nahm die angebotene Hand mit festem Druck, dann machte sie rasch kehrt und lief zurück in das Büro! Alenas Gedanken wirbelten in ihrem Kopf wie eine Windhose: aus welchem Erfahrungsschatz eigentlich schöpfte Oma Kandes ihre Informationen?

Sie verließ nun das Gebäude und begab sich zu der auf dem Zettel notierten Adresse. Gondhina war sichtlich erfreut, von ihrer Schwester zu hören und innerhalb einer dreiviertel Stunde betrat Alena mit Gondhina eine 140m2-Vier-Zimmer-Wohnung am westlichen Stadtrand: so etwas hatte Alena noch nie gesehen! Von dem geräumigen, beinahe quadratischen Vorraum, führte gleich nach dem Eingang eine Türe zur Küche, dann eine weitere zum Wohnzimmer und weitere Türen in zwei Kinder-Zimmer und eine in einen großen Abstellraum! Und vom Wohnzimmer kam man in ein wunderschönes geräumiges Schlafzimmer! Natürlich gab es auch ein Badezimmer und ein WC! Aber was Alena nie gedacht hatte: diese Wohnung war wirklich komplett bezugsfertig! Nicht nur sämtliches erforderliches Geschirr war vorhanden, alle Putzmittel waren griffbereit eingeräumt und sogar sämtliches Bettzeug lag bereit! Es gab NIRO-Spüle, Kühlschrank, Geschirrspüler, elektrischen Herd mit Ceranfeld und ein Backrohr und alles schien eben erst eingebaut worden zu sein!

Alena war sprachlos! Und mit einem Mal schossen ihr wieder Tränen über ihre Wangen: sie musste sich in der Küche an den Tisch setzen, sonst wäre sie zusammengebrochen! Gondhina konnte nicht anders reagieren, als Alena ein Glas Wasser hinzustellen! Alena nahm es dankend an, trank einige Schlucke und klärte das Mädchen auf:

„Wissen Sie, liebe Gondhina, dort, von wo ich herkomme, würden sich viele Menschen um solch einen Luxus vielleicht sogar umbringen, verstehen Sie?"

Gondhina verstand nicht, aber sie hatte so viel Anstand, nicht weiter zu fragen. Nach einer halben Stunde war der Vertrag geschlossen, Alena hatte sowohl die Vermittlungsprovision als auch Kaution und Anzahlung hinterlegt und mit Vertragskopie auch sofort die Schlüssel zu ihrem neuen Heim erhalten! Den notariell beglaubigten Vertrag würde man ihr auf dem Postwege zukommen lassen!

Als sie die Stufen zum Ausgang hinunterging, jubelte sie im Inneren! Gleich morgen, dachte sie, werde ich Oma Kandes unser neues Heim zeigen! Mit ihren beiden Buben aber wollte sie damit noch zuwarten: was nicht alles konnte im Überschwang ungewollt ausgeplaudert und somit vielleicht kaputt gemacht werden!

Mit einem unglaublichen Glücksgefühl schlenderte Alena die Hauptstraße entlang, tausend Dinge plante sie in ihrem Kopf und sie merkte gar nicht, dass sie an einem Fleischerwarengeschäft angehalten hatte! Was da in dieser überfüllten Auslage nicht alles angeboten wurde: Rindsbraten, Schweine-Koteletts, Innereien, Lammkronen und Würste, Würste und wieder Würste! Alena lief ganz automatisch das Wasser im Munde zusammen und sie entschied, ihren beiden Lieblingen etwas von diesen herrlichen Produkten mitzubringen! Sie betrat den Laden, blieb vor der Theke stehen und betrachtete die hier appetitlich präsentierten Produkte! Auf die Frage der Verkäuferin, was sie denn gewählt hätte, antwortete Alena:

„Wissen Sie. Fräulein, das ist ja wirklich schwer, hier zu wählen! Diese ungaubliche Auswahl macht einen ja unsicher!"

Die Thekenkraft sah sie verwundert an: woher kam diese Kundin denn? Vom Mars vielleicht? Für die Angestellte war das doch alles ein ganz normales, tägliches Angebot! Alena war noch immer unschlüssig: wie lange schon mussten sie und ihre beiden Buben solche Leckerbissen schon entbehren? Jetzt gab sie sich einen Ruck und gleich darauf hatte sie sich entschieden: sie bestellte drei Schinkenbrötchen und auf die Frage der Verkäuferin, ob sie auch Essiggurken hineingeschnitten haben möchte, antwortete sie überrascht:

„Aber, natürlich, Fräulein, geben Sie nur alles hinein, was schmeckt, oder?"

Dabei lächelte sie in der Vorfreude auf die großen Augen ihrer Buben, wenn sie ihnen diese Leckerbissen präsentieren würde! Dann kaufte sie in einem Supermarkt noch drei Flaschen einer bekannten Limonaden-Marke!

Sie nahm wieder eine Taxe bis in die Nähe der Armen-Siedlung und ging den Rest zu Fuß. Sie betrat ihren Verschlag und sah, dass die Buben heute augenscheinlich noch oben auf dem Berg auf der Suche nach Verwertbarem waren! Das freute sie, insbesondere deshalb, da sie ihre Buben dann wirklich überraschen konnte! Also deckte sie den Tisch mit einem neuen Tischtuch, mit drei Tellern und drei Papierservietten aus einer ganzen Packung, die Lotser unlängst vom Berg mit nach Hause gebracht hatte. In der Mitte des Tisches platzierte Alena eine viereckige Kork-Unterlage, auf die sie eine dunkelgrüne Kerze stellte. So saß sie mit knurrendem Magen auf der Bettkante und wartete auf ihre Kinder. Jetzt hörte sie die beiden ankommen, sie erhob sich und legte auf jeden Teller eines der Schinkenbrötchen. Neben jedem Teller stellte sie eine Flasche der köstlichen Limonade! Die Buben diskutierten, riefen sich kleine Neckereien zu und betraten ihr Zuhause. Als sie den gedeckten Tisch erblickten, blieben beide überrascht stehen, breiteten ihre Arme aus und Lotser fragte mit einem Kopfschütteln:

„Ey, Mami? Was ist passiert? Hast du den Job jetzt wirklich bekommen?"

Kamio stand hinter ihm und lächelte: wusste er doch, aus welcher Quelle das Geld für die Anschaffung solcher Leckerbisssen stammte! Etwas scheu setzten sich die Buben und natürlich auch ihre Mami an den Tisch und auf Kommando begannen sie, diese herrlichen Schinkenbrötchen mit Genuss zu verspeisen! Als sie fertiggegessen hatten, wischte Lotser sich wie in einer heiligen Handlung den Mund mit der Serviette ab und fragte:

„Mami, Mami! Ist es wahr? Hast du den Job bekommen?"

Alena sah ihn lächelnd an:

„Aber ja, mein kleiner Lozi, sicher! Aber…" jetzt musste sie überlegen, wie sie ihn noch ein wenig im Zaum halten konnte: „...das ist jetzt so: ich kann nicht gleich dort anfangen, meinen Dienst darf ich erst in ca. drei Wochen antreten! Und bis dahin, mein Junge, bis dahin darfst du wirklich keinem Menschen etwas erzählen, ok?"

Lotser zuckte nur kurz mit den Schultern und meinte:

„Ist doch klar, Mamilein, sicher! Erst wenn du den Job fix hast, darf ich meinen Freunden davon erzählen! Alles paletti!"

Alena sah hinüber zu Kamio. Die beiden verstanden sich natürlich in dieser Sache und Kamio hoffte inständig, dass sie diese gefährliche Angelegenheit sobald wie nur möglich hinter sich bringen konnten!

Deboras Gespräch mit Gott

Oma Kandes saß mit gefalteten Händen auf ihrem Ledersofa und sprach mit ihrem HERRN:

'Was meinst du, oh mein Gott: habe ich meiner Freundin Alena geholfen, gestohlenes Geld zu verstecken? War es überhaupt gestohlen? Wer, bitte, schmeißt schon einen mit Geldbündeln vollgestopften Piloten-Koffer in einen Müll-Container? Weißt, du, oh HERR, so ganz dumm ist deine Schwester Debora ja doch nicht: kein normaler Mensch geht so mit seinem ehrlich verdienten Geld um, oder?! Hätte jemand so viel Geld, er würde es auf die Bank bringen, um es dort in Sicherheit zu wissen! Aber in einen Müll-Container werfen? Also, mein HERR, dieser Haufen Geldes entstammt mit Sicherheit einer illegalen Geschichte! Und so alt bin ich geworden, oh mein Gott, dass ich mir sehr wohl denken kann, in welchem Milieu man derart viel Geld verdienen kann! Das ist zu einhundert Prozent Rauschgift-Geld! Also, wem hat es genützt, wem wird es nützen, wer hat hier gelitten und wer hat wirklich welchen Verlust dabei, wenn Alena diesen Koffer behalten wird?'

Sie legte ihren Kopf schief, dachte ein wenig nach und fuhr fort:

'Du hattest mir schon einmal den Weg gewiesen, oh HERR, nämlich damals, als wir in unserem Kloster diese 23 Schweine von Soldaten umgebracht hatten! Und es war richtig, das Kloster zu schließen und sich komplett aus der Gefahr einer Nachverfolgung zu begeben! Und

wie du weißt, hatte man die groß angelegte Suche nach den Schwestern nach einiger Zeit eingestellt: die Angelegenheit blieb ungelöst! Keine einzige meiner kleinen Nonnen konnte aufgefunden werden, aber sie sind sowieso für ihr Leben gezeichnet! Diesen schrecklichen Tag können sie nicht vergessen, aber wenigstens haben sie Gewissheit, dass diese gottlose Horde niemals wieder jemanden überfallen und quälen wird können!`

Wieder brach sie kurz ab, hob ihren rechten Zeigefinger ganz leicht an und murmelte:

`Heute, oh HERR, heute brauche ich dich nicht um deine Hilfe zu bitten! Meine Freundin Alena wird ihr neues Leben gut einrichten, ihre Buben ordentlich großziehen und ich werde ihr, sollte man ihr an den Kragen wollen, mit meinen Kräuterkünsten hilfreich zur Seite stehen!`

Damit war Deboras Zwiegespräch mit ihrem HERRN beendet. Als sie aufgestanden war, um sich ein Brot mit selbstgemachtem Kräuteraufstrich zuzubereiten, hörte sie plötzlich SEINE Stimme:

'Und, meine liebe Schwester Debora? Würdest du denn auch auf mich hören? Natürlich nicht, denn ihr wisst ja gar nicht, wem ihr diesen Koffer zurückgeben müsstet! Und wenn ich euch raten sollte, dieses viele Geld armen Mitbürgern zu überlassen, was wirst du mir antworten? Natürlich weiß ich auch das schon: auch deine Alena ist arm, schrecklich und noch dazu unverschuldet arm! Und nur mit diesem gefundenen Geld wird sie ihren beiden Buben ein

anständiges, ein sauberes Leben ermöglichen können, oder? In diese Sache, meine liebe Debora, werde ich mich nicht einmischen: ihr werdet euren Weg gehen, unbeirrt und mit großer Hoffnung erfüllt! Macht etwas aus diesem großartigen Zufall, aber vergesst bitte nicht, dass es noch viele andere sehr arme Menschen gibt auf dieser Welt! Hier wäre doch die eine oder andere Spende dorthin denkbar, nicht?´*

Debora hatte ihre Augen geschlossen, sah in Gedanken in weite Ferne und murmelte:

´*Ja, natürlich, oh mein Gott, so musstest du auch antworten! Es ist eine riesige Summe Geldes und meiner Alena werde ich deine Anregung natürlich mitteilen! Ich danke dir von ganzem Herzen!´*

Und damit sank sie auf die Knie und schickte ein kurzes Dankgebet an ihren HERRN. Danach setzte sie sich wieder an den Tisch und verzehrte genüsslich ihre Kräuteraufstrich-Brote...

Die Aktion

Alena war allein zu Hause. Es hatte heute Morgen ein wenig Streit gegeben: die beiden Buben hatten, für Alena nicht verständlich, beschlossen, dass heute nur einer von ihnen auf den Berg hinauf sollte. Lotser begründete dies mit Kopfschmerzen, was ihm Alena überhaupt nicht abnahm! So musste sie ein wenig schärfer werden und beide hinaus zum Berg jagen! Laufend ging ihr das seltsame Verhalten der Buben durch den Kopf: was hatten die beiden denn wieder ausgeheckt? Weder stand ein Geburtstag ins Haus, noch gab es Anlass zu irgendeiner Festlichkeit!

Alena hatte soeben im Schlafraum die Betten gemacht und ging hinaus in den Vorraum, wo sie ihre Einkaufstasche aufnahm, um etwas für das Mittagessen einzukaufen: Geld hatte sie: zwischenzeitlich war Oma Kandes einige Male in der Stadt unterwegs gewesen, um die großen Scheine in kleinere zu wechseln: niemandem in nächster Umgebung sollte auffallen, mit welchen Scheinen Alena ihren täglichen Lebensmittelbedarf deckte! Nun brauchte sie ja nur einen Sprung hinüber zu Oma Kandes zu machen und sich ein paar Hunderter aus dem Koffer zu holen!

Plötzlich ließ sie ein Geräusch hinter ihr zusammenfahren! Sie drehte sich um und blickte in...Jigers schwarze Augen! Noch nie hatte sie diesen Mann gesehen! Sie zwang sich, ruhig zu bleiben, stellte die Tasche auf dem Boden ab, stemmte ihre Arme in die Seiten und fragte mit belegter Stimme:

„Verzeihen Sie, mein Herr, aber was suchen Sie in meiner Wohnung?"

Jiger war etwas überrascht von der aparten Erscheinung der Frau hier in dieser Wellblechsiedlung! Er sprach kein Wort, holte ein Springmesser aus der Tasche, ließ es aufschnappen und hielt es mit der Spitze auf Alena gerichtet:

„Ich suche das, was meinem Chef gehört, liebe Frau: den schwarzen Piloten-Koffer! Krieg ich ihn jetzt sofort, oder muss ich ungemütlich werden?"

Alenas Puls schlug wie wahnsinnig! Sie brauchte eine Weile, bis sie begriff, dass der Mann keinen Spaß zu machen schien! Aber sie hatte, wie Kamio ebenso, ihr fix geplantes, neues Leben unter ordentlichen Umständen im Kopf und diesen Plan würde sie, auch wenn es ihr Leben kosten sollte, durchziehen: dann würden eben ihre beiden Buben ein neues Leben beginnen können! Dafür würde Oma Kandes schon sorgen! Und deshalb war alle momentan aufgestiegene Angst rasch wieder von ihr gewichen! Sie sah den Mann direkt an und meinte furchtlos:

„Das, was du suchst, mein lieber Herr, solch einen…Piloten-Koffer…?, den gibt es hier nicht! Du kannst mich schlagen, erstechen, vergewaltigen oder was dir sonst noch Gewalttätiges einfällt, genauso nämlich siehst du für mich aus: aber einen Piloten-Koffer, den haben wir nie besessen, verstanden?"

Jiger seufzte, schüttelte den Kopf und meinte mit geduldigem Ton in der Stimme:

„Hör mal, liebe Frau: wir wissen mit Bestimmtheit, dass unser Koffer hier bei euch versteckt ist! Warum möchtest du dir das alles antun? Ich muss dich verstümmeln, ich muss deinen Kindern die Ohren abschneiden, denkst du, das mache ich so gerne, hey?"

„Na, dann fang doch einmal an mit deinen Spielchen!" antwortete Alena mit eiskalter Stimme, obwohl ihr Herz bis zum Hals rasend schlug! „Aber denkst du, dass deine Aktionen unbemerkt bleiben können? Das kannst natürlich nicht wissen, du Dummkopf, aber mindestens zehn Leute haben dich bereits beobachtet, als du meinen Verschlag betreten hattest! Glaubst du denn wirklich, du kommst hier wieder lebend heraus? Wir alle hier sind eine verschworene Gesellschaft, weißt du, und mit deinem blöden Messerchen da kannst du vielleicht einen Hund, eine Katze oder vielleicht auch noch mich abstechen, aber dann ist es für dich ebenfalls vorbei, und zwar ein- für allemal, verstanden?"

Jiger wollte sich am liebsten selbst in den Bauch stechen! Wie blöd hatte er das hier angefangen? Er hatte sofort erfasst: sie hatte Recht! Noch einmal deutete er mit der Spitze des Messers auf Alena und sagte:

„Pass gut auf dich auf, Frau: wir holen uns den Koffer, darauf kannst du Gift nehmen!"

Damit drehte er sich auf dem Absatz um und verließ rasch und zornerfüllt die Hütte und auch die Siedlung!

Jigers wertvolles Pfand

Alena hatte sich gleich nach dem Verschwinden Jigers gefangen: ein wenig stolz war sie auf ihr mutiges Verhalten! Der Idiot hatte alles sofort verstanden, denn nur ein einziger Schrei Alenas hätte die halbe Siedlung auf den Plan gerufen! Und Jiger hätte von Glück sagen können, hätte er das überlebt!

Sie verblieb noch einige Minuten in der Hütte, dann nahm sie ihre Tasche und verließ die Siedlung in Richtung Markt. Als sie in eine kleine Verbindungsstraße einbog und einige Meter gegangen war, bemerkte sie plötzlich den Mann von vorhin neben sich hergehen! Sie hielt an, Jiger ebenfalls und jetzt vernahm Alena seine leise Stimme:

„Also jetzt, liebe Frau, gibt es hier niemanden, der dir zu Hilfe eilen könnte, oder? Und eines ist schon klar: wenn du nur einen einzigen Schrei machst, fährt dir mein Messer ins Herz und deinen Buben fehlt von heute auf morgen ihre Mami, ja?"

Sie waren vollkommen alleine in dem Straßenstück! Alena überlegte krampfhaft, wie sie sich verhalten sollte, da bog eine Taxe in die Straße ein und in Alena blitzte ein Hoffnungsschimmer auf! Der Wagen fuhr bis zu den beiden hin und hielt an. Jiger trat an den Wagen heran, öffnete die hintere, linke Türe und bedeutete Alena, einzusteigen! Diese wollte keinesfalls etwas riskieren, sah sie doch, unauffällig in Jigers rechter Hand gehalten, dieses Messer!

„Mach jetzt keinen Scheiß!" meinte Jiger leise „Der Fahrer ist mein Freund und der wird dir auch nicht helfen, ok?"

Sie atmete noch einmal tief durch und stieg ein! Sofort fuhr der Wagen an und sie reihten sich vorne auf der Hauptstraße in den starken Vormittagsverkehr ein. Etwa dreißig Meter hinter ihnen verfolgte sie ein zirka zwölfjähriger Bursche auf einem Fahrrad: es handelte sich um Ghorris Berlaan, den Sohn von Alenas Hütten-Nachbarin: er war zufällig in diese kleine Straße eingebogen, hatte vorne Tante Alena mit diesem Mann neben der Taxe stehen gesehen und war nun neugierig, wohin denn die Fahrt gehen sollte!

Die Verfolgung gestaltete sich überhaupt nicht schwierig: die Wagenkolonnen bewegten sich ja nur im Schritt-Tempo durch die verstopften Straßen und Ghorris konnte dadurch immer in respektvollem Abstand hinter der Taxe bleiben! Jetzt bog der Wagen in ein Industriegebiet ein, für Ghorris wurde es nun etwas schwieriger, unbemerkt zu bleiben, aber er schaffte das sehr geschickt und konnte aus etwa fünfzig Metern Entfernung erkennen, dass die Taxe vor einem kleinen, weiß getünchten Ziegelbau mit dunkelgrünen Dachschindeln anhielt. Er beobachtete, wie zuerst der Mann und gleichzeitig Tante Alena ausstiegen. Nun verschwanden beide darin, die Taxe schien vor dem Tor zu warten. Ghorris beschloss, einfach zuzuwarten: erstens hatte er sowieso nichts Besonderes vor und was die Mutter seiner beiden Freunde aus der Wellblechsiedlung hier mit einem fremden Mann im Industriegebiet zu tun hatte, das wollte er einfach wissen!

Es dauerte schon etwa eine halbe Stunde, dann erschien der Mann, ohne Tante Alena, versperrte die Eingangstüre, bestieg den Wagen und die Taxe fuhr zurück in Richtung Stadt! Ghorris überlegte fieberhaft: was lief hier ab? Was machte Tante Alena hier alleine in diesem Haus? Alle Fensterläden waren geschlossen, also musste es in dem Haus dunkel sein! Er beschloss, zuerst einmal mit seinem Freund Kamio zu sprechen: er wusste ja die Adresse, wo Tante Alena sich jetzt aufhielt! In wenigen Minuten war er am Müllberg und konnte schon von weitem Kamios gelbes T-Shirt auf halber Höhe des riesigen Haufens im Abfall wühlen sehen!

Ghorris fuhr nahe an den Schranken heran und bat den Wärter, ihn einzulassen: er müsse dringend mit Kamio wegen einer Familienangelegenheit sprechen! Der Mann hatte Verständnis, öffnete den Schranken und Ghorris fuhr bis hin zu Kamio.

„Hey!!" schrie er durch das Kettengerassel des Greifbaggers „Kamio!!"

Dieser blickte auf und Ghorris bedeutete ihm, zu ihm herunter zu kommen. Kamio unterbrach seine Suche, rutschte mit größter Vorsicht den Berg hinunter, bis er vor Ghorris stand!

„Nun, Ghorris?" fragte er keuchend „Was gibt's denn so Dringendes?"

Ghorris beugte sich nahe an Kamios Ohr und sagte:

„Ich hatte eben Tante Alena beobachtet, wie sie mit einem Mann in einer Taxe in das Industriegebiet fuhren! Aber ich denke, sie machte mir nicht den Eindruck, freiwillig mitgefahren zu sein, Kamio!"

Kamio fuhr ein Adrenalinstoß durch den Körper! Er musste sich zwingen, ruhig zu blieben und fragte Ghorris:

„Kannst du mir den Mann beschreiben?"

„Na freilich! Der hat schlohweißes Haar, schulterlang und ist mittelgroß!"

Kamio schloss kurz die Augen und musste an sich halten, um nicht sofort loszurennen! Er bedankte sich bei Ghorris und bat diesen, ihn bis in die Siedlung mitzunehmen. Kaum daheim angekommen, musste er warten, bis sein Freund in dessen Hütte verschwunden war. Sodann begab er sich unauffällig hin zu Oma Kandes' Hütte. Nachdem er eingetreten war, sah er im ersten Augenblick gar nichts, so stark waren seine Augen von der Sonne noch geblendet! Nun kam Oma Kandes aus dem hinteren Raum nach vor, grüßte freundlich und krächzte:

„Oj! Wenn unser Kamio alleine zu mir kommt, dann gibt's Probleme! Hab ich Recht, Junge?"

Kamio stand still, starrte Oma Kandes nur an und sagte dann leise:

„Sie…sie haben Mami entführt, Oma Kandes! Ja, wirklich! Ghorris war zufällig in der Nähe und hatte beobachtet, wie ein Mann Mami in eine Taxe zwang und mit ihr ins Industriegebiet fuhr. Dort hat er sie in einem kleinen, weiß getünchten Haus eingesperrt!" Er hob ratlos die Schultern und fuhr fort: „Was machen wir denn jetzt? Ich habe diesen Mann kennengelernt, Oma Kandes! Das ist ein schrecklicher Mensch, ein skrupelloser Verbrecher, der will den Koffer wiederhaben!" Er musste einmal schlucken und setzte hinzu: „Und ich bin sicher, der macht ernst!"

Oma Kandes hatte ruhig zugehört. Nun bat sie Kamio nach hinten in den Wohnraum, hieß ihn, sich zu setzen, brachte zwei Gläser Limonade und setzte sich Kamio gegenüber an den Tisch. Nachdem sie beide ein wenig getrunken hatten, legte Oma Kandes ihre Arme vor sich auf dem Tisch ab, verschränkte die Finger und meinte nach einigem Nach-denken:

„So, mein Junge. Das sieht zwar gar nicht so gut aus für deine Mami, aber sie hat ja noch uns beide, nicht wahr?"

Jetzt erhob sie sich und ging langsam, mit auf dem Rücken gelegten Händen im Raum hin und her. Plötzlich stoppte sie und ging hinüber zur Wand mit dem kleinen Bücherregal. Dieses schob sie zur Seite und dahinter erblickte Kamio einen kleinen Polsterfauteuil. Jetzt trat Oma Kandes an die Sitzgelegenheit heran, griff mit beiden Händen hinter die Sitzfläche und hob diese vorsichtig heraus. Darunter lag seitlich hineingelegt, der Pilotenkoffer! Jetzt richtete sie sich auf und wandte sich hin zu Kamio. Sie deutete mit dem Zeigefinger ihrer rechten Hand auf den Koffer und sagte leise, aber bestimmt:

„Also, mein Junge, jetzt pass mal auf: ich weiß zwar noch nicht, wie wir das anstellen sollen, aber eines ist schon sicher: diesen Koffer kriegen diese Verbrecher nicht zurück! Ich werde dir soweit wie nur möglich, helfen, Kamio! Und wenn ich draufgehe dabei, ihr beide, Lotser und du und eure Mami, ihr habt Besseres verdient, als hier in dieser tristen Umgebung irgendwann einmal vor Hunger oder durch Seuchen zu sterben! Geh jetzt nach Hause, denk dir etwas Gescheites aus! Und wenn du mich brauchst, Kamio, komm wieder her, ok?“

Kamio erhob und bedankte sich: plötzlich hatte er gar keine Angst mehr um seine Mami! Oma Kandes hatte ihm mit ihren geraden Worten alle Angst und alle Bedenken genommen: er würde für Mami kämpfen, wie ein großer Feldherr, der sein Land vor verbrecherischen Horden beschützen muss!

Kamios Idee

In ihrer Hütte angelangt, traf er dort Lotser, der am Tisch saß und seine Füße in einem uralten, emaillierten Lavoir badete. Sie sprachen ein paar belanglose Worte und auf die Frage Lotsers, wo Mami denn bliebe, antwortete Kamio, dass sie heute zum Arzt hatte gehen müssen. Dies war immer die beste Ausrede für ungewohntes Fernbleiben: ein Arzt-Besuch bedeutete in der Regel mindestens vier bis fünf Stunden Fernbleiben!

Kamio betrat das Schlafzimmer, setzte sich an sein Terrarium und betrachtete seine beiden Freunde: allerlei komische Gedanken mäanderten in seinem Kopf herum und kein klares Vorgehen wollte sich einstellen! Nach knapp einer Stunde sah Kamio plötzlich auf: jawohl! SO musste das klappen! Seine Idee reifte langsam klarer und klarer in seinem Kopf, allerdings fehlte ein ganz wichtiger Faktor: wann würde der Fremde sich melden und seine Forderungen stellen?

So, als ob dieser es gehört hätte, fand Kamio etwas später am Abend ein unter der Blechtüre durchgeschobenes, braunes Kuvert. Darin fand er einen weißen, leicht zerknuddelten Zettel, auf dem mit dunkelblauem Filzstift geschrieben stand:

Wenn du deine Mami lebend wiedersehen möchtest, dann komm heute Abend um 20 Uhr zum großen Kreisverkehr!

Pünktlich war Kamio am Ort. Er musste nicht lange warten: gleich nach seinem Eintreffen wurde er von hinten laut angerufen:

„Na, Junge? Koffer gegen Mami? Geht das in Ordnung?"

Kamio hatte sich umgewandt, musterte Jiger mit schiefgelegtem Kopf und antwortete ebenso laut, um den Lärm des abendlichen Verkehrs zu übertönen:

„Ich möchte Mami lebend und persönlich sehen! Vorher gibt's maximal eine Kostprobe!"

Jiger musste laut auflachen:

„Eine Kostprobe? Hahaha! Du bist aber ein humorvolles Bürschchen, Kamio! Ok, wie soll das deiner Meinung nach ablaufen?"

Kamio blickte den Mann einige Sekunden prüfend an, so, als müsste er dessen Seriosität checken!

„Ganz einfach, mein Herr!" rief er „Morgen um neun Uhr bin ich wieder hier und bringe etwas mit zum Prüfen. Dann fahren wir zu Mami, wo immer Sie sie auch versteckt halten! Dort übergebe ich Ihnen den Koffer, der einige Beweisstücke beinhält! Wenn ich Mami gesehen habe, fahre ich nach Hause und bringe Ihnen den Rest des Geldes, ok?"

Jiger war etwas überrascht! Er runzelte die Stirn stimmte dann aber doch zu:

„Ok, Junge! Also dann: morgen hier um neun Uhr!"

Damit wandte er sich zum Gehen und Kamio kehrte zurück in die Wellblech-Siedlung.

Alenas Gefangenschaft

Nachdem die Taxe an dem weißgetünchten Haus angehalten hatte, waren sie ausgestiegen und dieser Mann befahl Alena, vor ihm bis zur Eingangstüre vorzugehen. Dort hielt sie an, er langte mit seinem Arm an ihr vorbei und entsperrte das Schloss. Sie traten in einen Flur, von dem links und rechts je zwei Türen abgingen. Der Mann stieß sie mit seiner Hand von hinten immer leicht an, bis sie an der zweiten Türe rechts angekommen waren. Alenas Herz klopfte zum Zerspringen: wie würde diese Entführung für sie selbst wohl ausgehen?

Ihr Entführer trat nun neben Alena und öffnete die Türe. Sie betraten das Zimmer, in dem es außer einem Messing-Bettgestell mit Kopf- und Fußteil und einer daraufgelegten Matratze nur einen kleinen Abstelltisch an der Wand gab!

„Leg dich auf das Bett!" herrschte sie der Mann an. Alena war auf das Äußerste gefasst und zögerte noch, dem Wunsch des Fremden nachzukommen! Aber der Mann schüttelte nur den Kopf und setzte hinzu:

„Komm, mach keine Schwierigkeiten! Niemand tut dir etwas, solange wir den Koffer nicht haben, ok? Also…"

Alena legte sich angezogen auf die Matratze, die unangenehm intensiv nach Petroleum roch! Dann fesselte der Mann ihre Arme links und rechts am Kopfteil und verfuhr ebenso mit ihren Beinen am Fußteil des Bettes! Er verwendete dazu Handschellen, sodass sein Opfer keine Möglichkeit der Selbstbefreiung hatte! Danach verließ Jiger das Haus.

Am späten Abend kehrte er zurück, befreite Alena von ihren Fesseln, um ihr einen Toilettengang zu ermöglichen. Danach legte er ihr die Handschellen wieder wie zuvor an, prüfte unsinnigerweise deren Sitz und meinte danach: „So, nun hör mal genau zu, was ich dir jetzt sagen werde: morgen früh um neun Uhr treffe ich deinen Jungen, diesen Kamio! Er wird den Geldkoffer mitbringen und ihn mir, nachdem er dich lebend gesehen hat, zurückgeben! Aber ich warne dich: du wirst keinesfalls versuchen, ihm das auszureden, hast du mich verstanden? Anderenfalls - und das meine ich ernst, so wie deine Entführung heute - bringe ich euch beide ganz einfach um, weißt du? Allerdings wird das sehr, sehr weh tun: beginnen nämlich werde ich vor deinen Augen mit einem deiner beiden Fratzen, ok?" Alenas Herz schlug wie verrückt, aber sie nickte nur wortlos und der Mann fuhr fort: „Ich komme noch ein paar Mal vorbei, damit du zu trinken bekommen und auch aufs Klo gehen kannst! Wenn du etwas zu Essen haben möchtest, dann sag es gleich!"

„Fahr zur Hölle, du Mistvieh, du verdammtes!" zischte Alena und zerrte völlig sinnlos an ihren Fesseln „Sei dir nur nicht zu sicher, dass das alles auch so klappen wird!"

Damit wandte sie den Kopf zum Fenster hin und schwieg. Jiger blickte die vor ihm liegende Frau noch einige Sekunden nachdenklich an und verließ danach das Haus.

Jiger, der große Macher

Kimbal Yohm saß an seinem riesigen Schreibtisch und überschlug das Offert eines Großhändlers, der ihm ganze fünfzehn Kilogramm reinstes Kokain um einen nicht uninteressanten Preis angeboten hatte. Eben läutete unten jemand an der Gartentüre. Kimbal schaltete die Kamera ein und erkannte Jiger. Er ließ ihn ein und Jiger saß wenig später seinem Chef gegenüber.

„Nun?" begann Kimbal „Wie geht es unserem Koffer, Jiger? Haben wir denn wirklich noch die Chance, ihn wiederzubekommen?"

Jiger lächelte ein wenig selbstgefällig:

„Chef, ich hab den Jungen, ich hab seine Mutter eingezogen und morgen um neun Uhr früh krieg ich einen Beweis, dass er den Koffer auch wirklich hat!"

Kimbal hob erstaunt die Brauen und zog die Mundwinkel nach unten:

„Ist es wahr? Wie hast du Tausendsassa das denn angestellt?"

„Naja," meinte Jiger „ich hab da eben so meine Techniken, weißt du? Und ich meine, dieser Junge, dieser Kamio, der hat erfasst, was wirklich wichtig ist im Leben: als er hörte, dass ich seine Mami geschnappt hatte, war er natürlich sofort gesprächs-bereit!"

„Du hast seine…was hast du Gauner getan…du hast doch wirklich eine Mami geschnappt? Das heißt, du hattest sie wirklich gekidnappt?"

Jigers Gesicht blieb regungslos:

„Morgen, so gegen Mittag, Kimbal, stelle ich dir deinen Koffer hier auf den Schreibtisch, ok?"

Damit stand er auf, grüßte kurz und verließ das Haus seines Chefs. Während er sich von einer Taxe in sein Stammcafé bringen ließ, blitzten in seinem Gehirn laufend traumhafte Summen auf: fünfzig, hundert, oder vielleicht sogar noch mehr Riesen könnte er sich als Prämie für die Wiederbeschaffung von Kimbals Einnahmen des letzten Monats vorstellen! In dieser grandioser Stimmung betrat er sein Stamm-Café und nahm am Pokertisch Platz…

Eine seltsame Team-Arbeit

Um sieben Uhr am nächsten Morgen weckte Lotser seinen Bruder:

„Sag mal, Kami, wo ist denn Mami geblieben? Sie wollte doch nur zum Arzt, oder? Und nun war sie die ganze Nacht..."

Kamio unterbrach ihn:

„Keine Sorge, Lozi, keine Sorge! Mami hat einige Überraschungen für uns vorbereitet, soviel hatte sie mir noch verraten, ehe sie gestern wegging! Mach du nur, dass du auf den Berg kommst, die anderen sind sicherlich schon dort!"

Lotser war misstrauisch geworden:

„Und du?" fragte er gedehnt „Was...was ist mit dir? Kommst du nicht mit hinauf? Da läuft doch etwas..."

„Hey, hey!" unterbrach Kamio ihn leise und mit beschwichtigender Handbewegung „Bleib bitte ganz ruhig, Lozilein! Das, was heute passieren wird, kann unser Leben total ins Positive verändern! Aber ich darf dir jetzt nicht sagen, worum es wirklich geht: du bist mein Bruder, Lozi, ich liebe dich, aber jetzt musst du mir ein wenig Zeit geben und nicht mehr fragen, ok? Vertraue mir bitte ganz einfach! Vielleicht kann ich dir nachmittags schon Neuigkeiten heim-bringen, ja?"

Lotser war beruhigt. Er war zwar älter als Kamio, aber trotzdem vertraute er seinem Bruder wie immer blind! Nur, dass Mami nicht zugegen war, das passte gar nicht in seinen täglichen Ablauf! Er schlüpfte in seine schwarzen Dreiviertel-Jeans-Hosen und in sein hellblaues T-Shirt, umarmte seinen Bruder kurz und machte sich auf den Weg zum Berg!

Kamio atmete auf: er musste sich nun voll und ganz konzentrieren! Er ging hinüber zu Oma Kandes. Diese leerte, nachdem Kamio ihr kurz seinen Plan erläutert hatte, den Piloten-Koffer auf dem Tisch komplett aus. Fünf Bündel Scheine ließ sie drinnen, zog ein altes, schmutzig-graues Hemd über den Koffer und Kamio machte sich damit auf den Weg zurück in seine Hütte. Dort entnahm er die Geldbündel dem Koffer und legte sie neben das Terrarium auf den Boden. Er blickte auf die Uhr: acht Uhr fünfzehn war es genau. Nun begab er sich ins Schlafzimmer und öffnete vorsichtig das Terrarium: sofort vernahm er das übliche Zischen der beiden Schlangen! Sie waren hungrig und lauerten bereits auf Kamios fütternde Hände! Dieser atmete jetzt einige Male tief durch, dann griff er mit beiden Händen hinein und packte vorsichtig zuerst Cinn hinter dem Kopf und beförderte ihn mit langsamen Bewegungen hinüber in den Koffer! Gleich darauf hatte er Wool aufgenommen und ihn zu Cinn hineingetan! Nun legte er vorsichtig die Geldbündel dazu und breitete das von Oma Kandes aufgehobene grün-braun-karierte Flanell-tuch über den interessanten Inhalt des Koffers! Er klappte den Kofferdeckel zu, setzte sich neben den Koffer auf den Boden und bedeckte sein Gesicht mit beiden Händen: langsam und tief begann er jetzt zu atmen! Eine große Angst hatte ihn plötzlich befallen, er begann zu schwitzen, wie er noch nie geschwitzt hatte! Und auch konnte er das Zittern seines ganzen Körpers nicht unterdrücken!

Aber Kamio wusste: alles, alles hing in den nächsten dreißig Minuten nur von ihm alleine ab! Er nahm den Piloten-Koffer vorsichtig auf und stülpte das schmutzig-graue Hemd wieder über, sodass nicht jedermann gleich erkennen konnte, was er hier mit sich trug! Dann spazierte er damit ruhig und gefasst hin zum großen Kreisverkehr. Gleich sah er den weißhaarigen Fremden am Bordstein stehend auf ihn warten. Der Mann winkte Kamio zu sich her, gleich darauf hielt eine Taxe neben ihnen und sie stiegen ein. Nun zog Kamio das alte Hemd vom Koffer ab und klemmte es sich unter die linke Achsel. Und schon konnte er bemerken, wie der Fremde mit zusammengekniffenen Augen den Pilotenkoffer betrachtete: im Gesicht des Mannes arbeitete es andauernd, während Kamio vollkommen ruhig blieb. Dies hätte dem Fremden schon auffallen und misstrauisch machen müssen! Aber das Geschäft, das zu erwartende Lob Kimbals, sowie die winkende Prämie ließen keinen Raum für logische Denkabläufe in Jigers Kopf!

Die Taxe hielt nun vor der Einfahrt zu dem Industriegebiet. Sie stiegen aus, der Fremde entlohnte den Fahrer und der Wagen fuhr ab. Jetzt gingen sie in das Industriegebiet hinein und nach dem Queren einiger Seitenstraßen kamen sie an ein kleines, weiß getünchtes, quadratisch gebautes Haus mit dunkelgrünen Dachschindeln. Der Fremde sperrte die Eingangstüre auf und wollte Kamio den Vortritt lassen. Dieser jedoch war vorsichtig genug, um den Fremden immer im Blick zu haben! Also ging der Mann vor bis zu einer Türe rechter Hand, deren zumeist abgeblätterte Farbe schon nicht mehr klar erkennbar war. Er sperrte auf, sie traten ein und Kamio blieb beinahe das Herz stehen!

Seine Mami lag, an Händen und Füßen an die Bettpfosten gefesselt, in ihrem Hauskleid auf einem Gitterbett! Jetzt erkannte sie ihren Sohn und sofort rannen ihr Tränen in Strömen über ihre Wangen! Kamio musste sich gewaltig am Riemen reißen, um nicht zu ihr hinzustürzen und dabei das Geschäft zu vergessen! Der Fremde deutete auf Mami hin und meinte:

„Nun, Junge? Ich habe meinen Teil der Abmachung erfüllt, ja? Nun bist du dran! Also: zeig mir, was du mitgebracht hast!“

„Nein, Kamio, NEIN!!“ schrie Mami von ihrem Lager herüber und bäumte sich vor Schmerz und Wehrlosigkeit auf „Nein-nein-nein!! Lauf schnell weg und dieser Verbrecher soll mich nur umbringen! Aber ihr beide, ihr kommt endlich heraus aus diesem Drecksloch!“

Der Fremde trat an das Bett und hob die Hand zum Schlag, aber Kamio rief noch rechtzeitig beschwichtigend:

„Hey, hey, Mann! Sie brauchen keine Angst zu haben: hier im Koffer haben Sie den Beweis, dass wir euer Geld haben! Bitte… hier…!“

Er hatte den Koffer vorsichtig auf den an der Wand stehenden Tisch gestellt. Nun zog er die beiden Federschließen des Koffers mit den Daumen vorsichtig auseinander und fing die kleinen hochschnalzenden Metallklappen mit seinen beiden Zeigefingern auf. Keinesfalls wollte er, dass Wool und Cinn durch das laute Klicken der Klappen aufgescheucht würden! Nun trat er zurück, der Fremde ergriff den Deckel, hob ihn hoch und blickte kurz hinein. Sofort erkannte er das grün-braun-karierte Flanelltuch, was ihn auf seinem Weg zum Erfolg bestärkte! Aber er konnte wegen des Flanelltuches keine Scheine erkennen und deshalb langte er mit der Rechten in den Koffer. Nun nahm er auch seine Linke dazu, hob das Tuch auf und sah nun undeutlich Teile der Geldschein-Bündel. Voll zufrieden ergriff jede Hand ein Bündel. Er begann zu grinsen, wandte seinen Kopf hin zu Kamio und meinte, die beiden Arme immer noch im Koffer drinnen:

„Hey, Junge! Du kannst deine Mami jetzt losmachen, ok? Den Schlüssel für die Handschellen findest du listigerweise unter der Matratze, haha! Gleich hier unten! Aber pass nur auf, dass…"

In dem Moment brach er ab, sein Gesicht verzog sich zu einer schmerzhaften Grimasse und er schrie entsetzt auf! Wool und Cinn im Koffer hatten die Handwärme gespürt, sie waren hungrig und voll auf Zubeißen eingestellt! Kamio war zum Bett hin zurückgewichen und legte seine linke Hand beruhigend auf Mamis gefesselten rechten Arm! Jiger hatte seine Hände entsetzt zurückgezogen und nun erst bemerkte er die beiden Schlangen mit ihren hochgereckten Köpfen im Koffer drinnen! Sein Blick wurde irr, sein Gesicht verzog sich zu einer brutalen Grimasse und er schrie:

„Du…du verdammter Hurensohn, du…das kannst du mit mir nicht mach…"

Plötzlich begann er schwer zu atmen, das tödliche Gift fing bereits an zu wirken! Er wollte sich auf Kamio stürzen, aber alles, was er schaffte war, dass er mit seinen bereits kraftlosen Beinen keinen Schritt mehr zusammenbrachte! Noch einige Male röchelte er schwer und laut, dann brach er neben dem Tisch zusammen und starrte, auf der Seite liegend, zu dem auf dem Bettrand sitzenden Kamio hinüber! Schaum war aus seinem Mund getreten und tropfte neben seinem Gesicht auf den Fußboden!

„Du…Dreckschwein…du wirst mit dem Geld nicht…glücklich wer…." immer wieder brach er ab, dann nahm er alle noch verfügbare Kraft zusammen und flüsterte: „…Kimbal wird euch…finden…jaah…ganz sicher! Kimbal…" nun erstarb seine Stimme, seine Augen weiteten sich noch einmal, dann fiel sein Kopf zur Seite und Kimbals rechte Hand Jiger Haarxc war tot! Kamio und auch seine Mami starrten entsetzt auf diese grausige Szene: beide jedoch wussten im selben Augenblick, dass Wool und Cinn ihnen den Weg jetzt frei gemacht hatten in ihr neues, besseres Leben!

Nachdem Kamio Mami befreit und die vier Handschellen eingesteckt hatte, vergaß er nicht Oma Kandes´ Rat: er griff vorsichtig in den

Koffer hinein, holte Cinn heraus und legte diesen neben den toten Jiger auf den Fußboden! Dann nahm er seinen Koffer mit dem darin liegenden Wool auf. Jetzt zog er das Hemd, welches er beim Eintreten in das Haus fallengelassen hatte, wieder über den Koffer. Gleich darauf gingen beide zügig aus dem Industriegebiet hinaus, noch einige Straßen weiter, sodass man ihre Spur hin zu dem Areal nicht verfolgen konnte. Nun nahmen sie eine Taxe und fuhren in die Nähe der Wellblechsiedlung. Sie betraten einen Supermarkt und kauften zur Feier des Tages einige Leckerbissen ein! Den Rest des Weges gingen sie dann zu Fuß: natürlich sollte niemand aus dem Armenviertel sehen, dass sie eine Taxe angemietet hatten!

Noch eine Hürde...

Natürlich hatte man auch Oma Kandes zum Abendessen eingeladen! Im Zuge seiner persönlich ausgesprochenen Einladung hatte Kamio ihr auch gleich alles über die gelungene Aktion erzählt! Alle vier schmausten jetzt am Tisch mit Kerzenschein und genossen das fürstliche Mahl! Aber Mami hatte Kamio diskret gebeten, Lotser noch nicht in ihr goldenes Geheimnis einzuweihen: sie hatte einfach zu viel Angst, dass er sich im Überschwang verplappern könnte! Also blieb es bei dem erwähnten möglichen Job in der Stadt und Lotser war zufrieden. Nach dem Essen verabschiedete sich Oma Kandes dankend, aber Kamio flüsterte ihr zu:

„Oma Kandes! Ich muss dringend mit dir reden! Wann wollen wir das machen?"

„Na, und wenn du gleich mit mir ein Stück mitkommst, mich also nach Hause begleiten wolltest?"

Kamio stimmte zu, gab seiner Mami Bescheid und Omi und der kleine Millionär spazierten durch die ärmlichen, windschiefen Hütten. Als sie am Ende der Straße angelangt waren, blieb Oma Kandes stehen, sah Kamio in die Augen und meinte leise:

„Das kann ich doch aus hundert Metern Entfernung erkennen, Junge: du hast noch etwas Gröberes auf dem Herzen, oder?"

„Oma Kandes!" fragte Kamio leise „Kennst du einen gewissen Kimbal? Er ist nämlich ebenfalls Besitzer dieses Koffers und vielleicht werden wir auch mit ihm zu tun bekommen?"

Oma Kandes schwieg und dachte nach. Ihr war ein Mann solchen Namens nicht bekannt, aber sie versprach Kamio, sich darum zu kümmern, setzte aber noch nachdenklich hinzu:

„Das hast du ausgezeichnet konstruiert, das mit den Schlangen, Junge! Ich denke, du solltest das zweite Tier noch bereithalten: möglicherweise können wir es in unserer Angelegenheit noch ganz gut einsetzen...!"

Kimbal Yohm trifft sein Verhängnis

Kimbal Yohm saß mit zusammengebissenen Zähnen und vor Wut verzogenem Mund vor seinem Schreibtisch: soeben hatte er über das TV vom Tod seines Adlatus Jinger Haarxc erfahren müssen: dem Aufseher dieses Industriegebietes war die nur angelehnte Eingangstüre zu einem Bürogebäude verdächtig erschienen und er war mit aller gebotenen Vorsicht hineingegangen. Dort hatte er dann eine männliche Leiche vorgefunden. Neben ihm auf dem Boden fand er eine hochgiftige Schlange: aller Wahrscheinlichkeit nach war der Mann an dem Biss dieser Schlange verstorben! Der Tote wurde als ein gewisser Jiger Haarxc identifiziert!

Kimbal versuchte, klar zu bleiben und vernünftig zu denken: Jiger hatte ihn noch am Vortag über diesen Jungen mit Namen Kamio aus der Wellblechhütten-Siedlung informiert. Dieser hatte angeblich seinen Geld-Koffer in Verwahrung! Kimbal beschloss, vorerst einmal keine neue Aktion - und mit wem denn auch? - zu starten, sondern höchstpersönlich zu der Armen-Siedlung zu fahren, um einiges mehr über den Jungen und über dessen Familie in Erfahrung zu bringen!

Er müßte sich mit Hilfe seiner beiden Achselkrücken hinüber in die Garage, wo er seinen Wagen mit Spezial-Ausstattung stehen hatte: der hatte einen ausschwenkbaren Fahrersitz, sämtliche für die Fahrt erforderlichen Fuß-Pedale waren durch Handhebel ersetzt worden und somit war Kimbal immer noch mobil! Gerade heute verspürte Kimbal wieder schreckliche Schmerzen in beiden Beinen, obwohl er noch vor einer halben Stunde ein starkes Mittel eingenommen hatte! Wenn Kimbal in einem Stuhl saß oder sich hingelegt hatte, waren die beinahe pausenlos quälenden Schmerzen erträglich. Aber in dem Moment, wo er sich erhob, begann diese durch die angeschnallten Prothesen ausgelöste Folter!

Aber Kimbal zwang sich, nicht daran zu denken und fuhr los. Nach etwa dreißig Minuten kam er am Rande der Siedlung an, stieg aus und humpelte mit Hilfe seiner beiden Achselkrücken langsam und schmerzerfüllt hin zu den ersten Hütten. Bevor er dort über einen breiten, plattgewalzten Weg zwischen die Hütten einbiegen konnte, musste Kimbal Pause machen: sein ganzer Körper war vor Schmerzen schweißgebadet, die Schmerzen waren immer stärker geworden und er wusste aus Erfahrung, dass er so nicht weit kommen konnte! Er lehnte sich erschöpft an einen großen, nahe einer Hauswand installierten Elektroschrank und versuchte, gegen die furchtbaren Schmerzen anzukämpfen! Nur leicht verschwommen konnte er hin und her eilende Menschen wahrnehmen! Hier, nahe dieser Siedlung gab es eigentlich auch keine Autos zu sehen: wer in diesem Viertel denn konnte sich so etwas schon leisten?

Unverständlicherweise hatte er vergessen, seine Schachtel mit den diversen Schmerzmitteln mitzunehmen! Und darum beschloss er, doch wieder nach Hause zurückzukehren und ein weiteres starkes Schmerzmittel einzunehmen! Aber sofort, nachdem er sich von dem Bock abgestoßen hatte, wurde ihm schwarz vor den Augen und er fiel in ganzer Länge auf den Gehsteig hin! Hier lag er, mit dem Gesicht zum Boden, ohnmächtig und hilflos! Und so war er dem Zufall, dass ihn bald jemand fände, ausgeliefert!

Oma Kandes war aus ihrer Hütte getreten, um auf dem nächstgelegenen Floh-Markt vielleicht das eine oder andere schöne Stück Kleiderstoff aufzutreiben: ihr altes Hauskleid litt bereits kräftig unter dem immer dünner werdenden Stoff der Sitzfläche und für eine geringe Summe hoffte sie, hier Abhilfe schaffen zu können!

Sie kam ans Ende des auf die große Straße hinausführenden Weges und wollte sich nach links hin zu dem großen Supermarkt wenden: dort gab es auf dem Parkplatz einen täglich stattfindenden Flohmarkt, der, natürlich bevorzugt von den Bewohnern des Armenviertels, gerne besucht wurde! Sie war noch keine fünf Meter gegangen, als sie in einiger Entfernung eine Gestalt auf dem Boden liegen sah! Einigermaßen verwundert ging sie auf die Gestalt zu und erkannte, dass es sich um einen Mann handelte. Sie trat an heran, hockte sich auf die Fersen und berührte die Gestalt vorsichtig mit der Hand.

„Hey!" rief sie leise „Ist Ihnen schlecht? Darf ich Ihnen helfen?"

Jetzt rüttelte sie den Körper etwas stärker und sie hatte Erfolg: der Mann regte sich, drehte sich auf die Seite und wandte Oma Kandes sein schmerzverzerrtes Gesicht zu. Im selben Augenblick fuhr diese entsetzt zurück: sie sah in dieselben grünen Augen, in welche sie während ihrer seinerzeitigen Vergewaltigung blicken musste! Und unvergesslich war auch dieses Milchbubi-Gesicht: sofort stand dieser schreckliche Nachmittag klar umrissen vor ihrem geistigen Auge!

Aber Oma Kandes war jetzt wieder zu Schwester Debora geworden! Sie hatte sich gleich wieder in der Gewalt! Jetzt, ja genau jetzt war der Zeitpunkt Ihrer Rache gekommen: und in Sekunden war in ihrem Kopf bereits der fix und fertig gestaltete Plan ihrer Vergeltung geschmiedet! Sie beugte sich vor, nahm das Kinder-Gesicht des Majors in die Hände und fragte zärtlich:

„Wissen Sie, wovon Ihnen so schlecht wurde, dass Sie gleich ohnmächtig werden mussten?"

Mit schmerzverzerrtem Gesicht und mit schwacher Stimme antwortete ihr der Major keuchend:

„Diese Amputationstellen, die schmerzen so schrecklich, dass ich am liebsten sterben möchte!"

Naja, dachte Debora, *da werde ich dir sicherlich helfen können!*

„Was wurde Ihnen denn amputiert?" fragte sie mit viel Mitgefühl in der Stimme. Der Major atmete einige Male tief ein und aus und gab ihr Auskunft:

„Beide Beine unterhalb der Knie mussten damals abgenommen werden!"

Schwester Debora zog vorsichtig zuerst das eine Hosenbein, danach das andere hoch und betrachtete schweigend die stark geröteten Nahtstellen, auf welchen die beiden Prothesen aufsaßen. Sie schüttelte mit ernstem Gesicht den Kopf und meinte:

„Hören Sie zu, lieber Mann: ich sehe, was hier falsch läuft! Ich werde Ihnen nun eine Salbe herholen, die tragen wir auf Ihre wunden Narben auf und gleich darauf, Sie werden es spüren, wird der Schmerz merklich nachlassen!"

Sie richtete sich auf, half dem Major, sich sitzend an die Hauswand zu lehnen und entfernte sich hin zur Armen-Siedlung. Bald darauf war sie zurück und der Major nahm auf ihr Geheiß hin die beiden Prothesen ab. Jetzt hockte Debora sich neben Kimbal hin und bestrich die wunden Stellen vorsichtig mit einer dunkelbraunen Salbe: sie wirkte sofort kühlend und der Major sah erstaunt zu ihr hin:

„Hey, hey, liebe Frau!" rief er „wie kann das sein? Keiner dieser blöden Ärzte kann mir helfen und da kommt eine mir unbekannte Frau daher und zaubert meine Schmerzen weg!" So unerwartet von seinen schrecklichen Schmerzen befreit, atmete er tief ein und aus und sagte: „Das ist ja unfassbar: ich meine, bereits jetzt gar keinen Schmerz mehr zu spüren!"

Schwester Debora lächelte ihm zu und musste an sich halten, um diesem Dreckschwein nicht ins Gesicht zu spucken!

„Hören Sie!" meinte sie nun mit eindringlichem Ton „Wenn Sie möchten, komme ich einmal täglich zu Ihnen nach Hause, behandle Ihre Amputations-Narben und Sie werden sehen, in ein bis zwei Wochen werden Sie gar keine Schmerzen mehr spüren!"

„Aber sicher doch, liebe Frau!" rief der Major mit hoffnungsvoller Stimme „Wenn Sie möchten, kommen Sie gleich morgen Vormittag so gegen elf Uhr zu mir ins Haus! Es ist das beige Bungalowgebäude neben dem Neuzeitlichen Museum, also, wenn Sie davor stehen, links!"

„Und welchen Namen darf ich mir notieren?" fragte Debora noch

„Yohm, Major Kimbal Yohm!" gab ihr der Major bekannt. Und wieder kostete es Debora unglaubliche Beherrschung, um nicht in einen Freudengesang auszubrechen! Konnte sie hier gleich zwei Fliegen mit einem Schlag vernichten?

„Na, dann, bis morgen, 11 Uhr!" rief sie, half ihm noch aufstehen und sah ihm nach, wie er auf den Krücken zurück zu seinem Wagen humpelte!

Schwester Deboras Wundersalben

Am nächsten Tag, pünktlich um 11 Uhr läutete Schwester Debora bei Major Yohm an, kam ins Haus und ging direkt, wie der Major ihr es bezeichnet hatte, im Flur nach hinten zu seinem Büro. Dort wurde die Türe ferngesteuert geöffnet und gleich darauf stand sie in der Türe, verlegen lächelnd und eine große Dose in der Linken haltend!

„Guten Morgen, liebe Frau!" rief der Major hinter seinem Schreibtisch „Ich habe heute so gut geschlafen, wie noch nie seit meinem Unfall! Sie sind ein Gespenst, ein übernatürliches Wesen, eine…eine Fee…eine Hexe, aber eine gute, oder?"

Schwester Debora trat ein und begab sich an des Majors Schreibtisch. Hier blieb sie stehen, lächelte - was ihr schwer genug fiel - und meinte:

„Nana, Herr Major!" entgegnete sie mit etwas Vorwurf in der Stimme „Ich tue doch nur, was ich seit meiner Jugend getan hatte: Kräuter sammeln und diverse hilfreiche Mixturen herzustellen, die allen Menschen, ob gesund oder krank, das Leben ein wenig erleichtern können!"

Der Major hob beide Arme, nickte zustimmend und sagte:

„Da drüben habe ich ein Massagebett aufstellen lassen! Passt Ihnen das so?"

Debora sah kurz hin und dachte:

Das ist doch eine wirklich stabile Konstruktion: gespart hattest du da aber nicht! Und noch dazu fahrbar, mit Rollen! Gleich wirst du so vor mir liegen wie ich damals schutzlos vor dir, du miese Ratte!

„Das passt wunderbar!" meinte sie, „Wenn Sie sich jetzt bitte ohne Ihre Prothesen auf das Bett legen wollen?"

Der Major humpelte mit seinen Krücken hinüber und setzte sich mit großer Mühe auf das Massage-Bett. Dessen vier Räder waren mittels kleinen Fußhebeln auf „Bremsen" fixiert. Unter großen Anstrengungen entledigte Kimbal sich langsam seiner beiden Prothesen. Diese lehnte er an das Fußende des Bettes. Debora könnte, aber sie half ihm nicht dabei! Jetzt legte er sich rücklings auf das Bett, sie trat heran und begann, die schlecht verheilten Stellen mit dieser braunen Salbe zu bestreichen! Gleich konnte sie das angenehme Stöhnen des Majors vernehmen:

„Also, ich weiß nicht, liebe Frau, wie Sie das anstellen, aber diese Behandlung ist Hunderte wert! Und genauso werde ich Sie auch entlohnen!"

Er brach ab und starrte Debora einige Sekunden an! Dieser fiel beinahe ihr Herz in die Hosen! Hatte der Major Lunte gerochen? Kam ihm an ihr irgendetwas bekannt vor? Deboras Atem ging unkontrolliert etwas schneller, aber Gott sei Dank fragte der Major nur:

„Das ist doch zu komisch, oder? Sie ändern mein komplettes Leben und ich weiß nicht einmal, wie Sie heißen, liebe Frau!?"

Debora schloss kurz die Augen und antwortete:

„Wissen Sie, Herr Major, mein Lebenswerk besteht aus helfen, unabhängig davon, wann, wie, womit und wem geholfen werden kann! Sehen Sie, diese armen, vom Leben nicht gerade reich beschenkten Menschen da drinnen in der Armen-Siedlung, die haben kein Geld, um zum Beispiel einen Arzt zu besuchen, nicht? Dort bin ich bestens stationiert, denn täglich darf ich sehen, wie meine Heilkunst wirkt und die Menschen wieder gesund werden können! Ohne monate- oder jahrelang krank und hoffnungslos auf einen Arzt warten zu müssen! Also,…“ sie hielt kurz inne „…Oma Kandes nennen sie mich alle, Oma Kandes!“

Eine Zeitlang war es still im Raum und Debora kam zum Ende ihrer EinreibungsTechnik. Der Major hatte ganz still gehalten und nachgedacht.

„Hören Sie!“ meinte er jetzt und blickte Debora gerade an „Wenn Sie dort immer Menschen behandeln in dieser Siedlung: könnte Ihnen dort ein gewisser…Kamio bekannt sein? Hatten Sie ihn vielleicht sogar schon einmal behandelt?“

Debora war gar nicht überrascht: sie hatte mit dieser Frage gerechnet und sie antwortete ohne Zögern:

„Wie, meinen Sie, heißt der Junge? Kamio?“ Sie machte eine Kunstpause und fuhr fort: „Jaja, da gab es einen Kamio in der Siedlung! Aber der ist seit einigen Tagen weg, ganz einfach weg! Zusammen mit seiner Mami und seinem Bruder! Und alle fragen sich, wohin die

drei denn wohl abgehauen waren? Die besitzen doch nichts, die hatten alles, den ganzen Hausrat und auch ihre Kleidung; etc., etc., alles haben sie hiergelassen und sind abgehauen!" Wieder hielt sie inne und meinte: „Also, das ist doch wirklich ungewöhnlich, nicht? Eben verschwinden zwei Jungen mit ihrer Mutter aus der Siedlung und ein paar Tage danach fragt jemand nach ihnen?"
Fein, fein! frohlockte es in Kimbal *Natürlich sind die abgehauen, mit meinen Kohlen, diese Schweine! Aber ich werde sie finden, das ist sicher: denn mit Geld kann man alles erreichen!*

„Aber," setzte Debora noch hinzu „vielleicht kann ich Ihnen helfen, den Jungen zu finden? Ich hatte ihnen ja, wenn er oder sein Bruder mit Verletzungen vom Müll-Berg zurückkamen, mit meinen Kräutern immer wieder helfen können! Also, ich bin überzeugt, er wird sich nochmals bei mir melden!"

„Aber natürlich!" rief der Major erfreut „Und wenn Sie den Jungen zu mir schicken, dann gibt es eine saftige Prämie, ok?"

Oma Kandes verließ das Haus und dachte beim Gehen: ´Eine Prämie? Wie? Eine Prämie wovon denn?` Sie begab sich geradewegs in die Armensiedlung! Dort traf sie Kamio und dessen Mami:

„Hört mal zu!" informierte sie die beiden „Ich hab diesen Kimbal gefunden: er ist ein Major, aber schon ein Major a.D.! Weil er nämlich vor längerer Zeit einmal schwer verwundet wurde! Ich habe sein Vertrauen errungen und das wird sein baldiges Ende sein, das garantiere ich euch! Also, macht euch nun keine Sorgen mehr wegen diesem Koffer: er gehört jetzt schon zu einhundert   Prozent euch, verstanden?"

Kamio und seine Mami fielen einander um den Hals, als sie diese Botschaft vernommen hatten! Aber noch immer nicht wollte Mami ihrem Sohn Lotser die Wahrheit über ihre geplante Zukunft mitteilen: sie hatte immer noch panische Angst, dass er sich verplappern könnte, das eine oder andere Wort würde durchsickern und dann vielleicht an die Polizisten gelangen und dann…Alena wollte es gar nicht weiterdenken!

Schwester Deboras grausame Rache

Es war der vierte Tag, an welchem Schwester Debora dem Major Yohm mittels ihrer Zaubersalben zu schmerzfeien Tagen verhelfen konnte! Heute brachte sie eine zusätzliche, prall gefüllte, mittelgroße Papiertragetasche mit. Und den mit einer Schnur zusammengebundenen Schuhkarton legte sie, bevor sie Kimbals Büro berat, einfach auf dem Boden im Vorraum ab! Nach der Begrüßung legte der Major sich wie immer rücklings auf das Bett. Debora trat heran und hatte blitzschnell einen breiten Ledergürtel über Kimbals Bauch und kurz oberhalb seiner Ellenbogen und unter dem Massagebett durchgezogen und festgeschnallt! Kimbal war dermaßen überrascht, dass er im Moment zu keiner Gegenwehr fähig war und Debora bei ihrem Tun entgeistert zusah! Nun entnahm sie der Tragetasche ein kleines Kunststoffsäckchen. Daraus entnahm sie einen weißen, feuchten Lappen. Eben, als der Major erkannte, womit dieser Lappen getränkt war, presste Debora ihn auf des Majors Gesicht! Gleich lehnte sie sich mit ihrem ganzen Gewicht auf ihre Hände, die den Lappen auf sein Gesicht gepresst hielten! Ihr rechtes Knie hatte Debora über den sich wehrenden und aufbäumenden Körper des Majors gelegt! Durch den stramm angezogenen Gurt aber konnte Kimbal seine Arme nicht als Abwehr einsetzen! Ihr Opfer riss seinen Kopf hin und her, um dieser schrecklichen Falle zu entkommen, aber die Zeit war zu kurz, das Narkotikum wirkte schnell! Und es dauerte nur einige Sekunden, dann war der Major zur Genüge betäubt, sodass Debora beginnen konnte, ihren Racheplan auszuführen: jetzt löste sie die Fixierungen der vier Räder und schob das Massagebett mit dem Major hinüber in sein Schlafzimmer...

Kimbal Yohms schreckliches Ende

Als der Major aus seiner unfreiwilligen Narkose erwachte, konnte er es nicht fassen: er lag in seinem Bett und er war splitternackt! Seine Arme waren an den Seiten oberhalb des Kopfes an die beiden Bettpfosten, seine Beine gespreizt an die unteren Bettpfosten gefesselt! Die Beinfesseln hatte Debora geschickt oberhalb der Knie angebracht, sodass sie nicht abrutschen und er sich möglicherweise befreien hätte können! Kimbal riss mit aller Kraft an den Fesseln, das waren nur einfache Stoffstreifen, allerdings so gut gedreht, dass sie sogar dem Gewicht eines mittleren PKWs hätten standhalten können!

„Du verdammte Hexe!" schrie er in seiner Not „Was soll der Scheiß hier? Binde mich sofort los, oder ich..." Tja, was denn ´...oder ich´? Kein Mensch außer ihm selbst und Oma Kandes waren im Hause und alles Zerren und Ziehen half nichts: Debora hatte die Fixierung perfekt vollführt! So lag der Major längere Zeit, bis er das Öffnen der Haustüre vernehmen konnte! Kurz darauf wurde die Zimmertüre geöffnet und...der Major fiel, trotz seiner Fesselung, aus allen Wolken: herein trat eine Frau in...Nonnentracht! Und es war...Schwester Debora! Diese kam nun an das Bett heran, beugte sich leicht vor und fragte:

„Nun, mein lieber Major Yohm? Erinnern wir uns vielleicht an diesen vergnüglichen Nachmittag vor fünfzehn Jahren in dem Kloster *Der liebenden Frauen* oben auf dem Berg? Sie und Ihre Mannen hatten mit uns armen Schwestern doch jede Menge Spaß dabei, oder?" Ihr Gesicht zeigte keinerlei Emotionen und sie informierte Kimbal weiter: „Ihre Männer hatten mich auf den Küchentisch gezerrt, dort festgehalten und Sie und Ihre Spießgesellen hatten mich vergewaltigt! Ich bin Schwester Debora, sollte Sie das überhaupt noch interessieren!"

Der Major blickte sie mit entsetzten Augen an: natürlich erinnerte er sich jetzt und jede einzelne Minute dieser Schandtaten ging ihm schnell, aber ohne Reue, durch den Kopf!

Er wandte sich hin und her, er ahnte, dass nun Fürchterliches mit ihm geschehen konnte! Schwester Debora hatte das alles psychologisch bestens vorbereitet: die gänzlich nackte Wehrlosigkeit verstärkt bei jedem gefangenen Opfer die Angst vor Folter um ein Vielfaches! So wie die meisten Schuldigen vor der Exekution begann auch Kimbal jetzt, seine Taten zu bereuen:

„Hey, Schwester Debora! Wie viele Jahre denn ist das her? Ihre Mitschwestern haben das alles doch schon vergessen, oder? Und ich meine, wir beide, wir können uns doch sicherlich auf einen befriedigenden Betrag einigen, oder?"

Schwester Deboras Gesicht bekam eine eher zweifelnde, unsichere Miene und sie antwortete:

„Tja, mein lieber Major Yohm: das ist natürlich alles schon ein wenig kompliziert nicht? Alle Schwestern, die Ihre Leute damals vergewaltigt hatten, werden diese Entwürdigungen ihr ganzes Leben lang nicht vergessen können! Und ob sie dadurch in seelische Not geraten waren, ob einige von ihnen vielleicht doch geschwängert wurden? Ob ein paar von ihnen sich vielleicht das Leben genommen hatten, oder nie wieder lieben werden können, tja, wer weiß das schon?"

Exakt mit dem Schlusswort entnahm sie der Papiertragetasche ein Paar blaue Latex-Schutzhandschuhe, die sie nun überstreifte. Danach langte sie in der Tragetasche nach einer zirka 70 mm hohe, weiße Dose mit etwa 50 mm Durchmesser. Sie schraubte den Deckel ab und holte mit dem plastikgeschützten Zeigefinger eine kleine Portion aus der Dose. Kimbal betrachtete Debora mit angsterfülltem Blick! Nun trat sie nahe an das Bett heran und verstrich ruhig und gezielt die Salbe langsam auf Kimbals Bauch. Gleich danach begann dieser, sich zu winden, zu stöhnen und plötzlich schrie er auf:

„Oh Hölle! Hölle! Wie das brennt, ouh ouh!!!"

Er zerrte mit aller Kraft an den Fesseln, aber es half nichts! Debora wartete ein Weilchen zu, dann griff sie in der Tragetasche nach einer grünen Dose gleicher Größe, entnahm auch hier eine kleine Menge, jetzt mit dem Daumen! Diesen näherte sie nun dem Gesicht des Majors, der noch immer mit offenem Mund der großen Schmerzen wegen wie wild keuchte! Jetzt drückte Debora blitzschnell ihren Daumen mit der Folter-Salbe in den Mund und über die Lippen des Majors!

Sofort schrie dieser vor Schmerz laut auf, sein Schreien wurde zu einem Brüllen, das ganze Gestell des Bettes bebte unter seinen Zuckungen! Debora stand bewegungslos vor dem Bett und beobachtete das Martyrium des Majors: langsam beruhigte dieser sich, Debora hatte alles genauestens abgewogen und gemischt! Die Schmerzen würden nie zu lange andauern, so dass ihr Opfer sich immer wieder ein wenig erholen konnte, aber nicht so viel, dass er sich nicht vor der nächsten Tortur fürchten sollte! Als der Major nach einigen Minuten schwer atmend vor ihr lag, sagte sie:

„Wieviel sollte es Ihnen denn wert sein, würde ich Sie hier unbeschadet rauslassen, Herr Major?"

Das war zwar richtig gemein von ihr, aber ganz ohne Belohnung für ihre gelungene Rache wollte Debora dieses Haus nicht verlassen! Nicht einen Gedanken hatte sie daran verschwendet, diesen Unhold zu verschonen! Aber bis dahin wollte sie sich noch an seinem Leid und an seinen unerträglichen Schmerzen ergötzen! Kimbal erkannte plötzlich die Chance, doch noch seinen Frieden mit dieser Folter-Hexe schließen zu können und er krächzte, während ihm der Speichel unkontrolliert aus den Mundwinkeln rann:

„Oma Kandes! Ich habe Geld, viel Geld hier im Hause und Sie sollen noch heute sagen wir einmal…fünfhunderttausend Rhul mitnehmen dürfen?"

Schweratmend blickte er sie an und musste sehen, wie sie der Tüte eine neue Dose entnahm!

„Aber nein, nein!!" brüllte er und zerrte wie wild an seinen Fesseln „Eine Million, Oma Kandes, eine ganze Million Rhul sollen Ihnen gehören, wenn Sie aufhören damit und mich hier rauslassen!"

Ein ca. fünf Zentimeter langer Salbenstrang wurde nun, trotz heftigster Gegenwehr Kimbals, in seine Ohrmuscheln geschmiert! Das Ergebnis war höllisch anzusehen: Kimbal schrie nicht mehr, nein, er gurgelte nur mehr, zuckte wie ein Nervenkranker und wand sich in seinem Schweiß! Eine furchtbare Hitze kroch in seinen Schädel hinein in sein Hirn, machte ihn vollkommen wirr und die Schmerzen waren nicht mehr zu beschreiben! Wimmernd lag er einige Minuten danach vor ihr, Tränen, Schweiß und vor Angst abgelassenes Urin benetzten das Bett unter ihm! Debora hatte sich einen Stuhl herangeholt, darauf Platz genommen und ihren Kopf vorgebeugt:

„Nun, mein lieber Major, wenn ich Sie freilasse, werden Sie mich zu einhundert Prozent umbringen, nicht? Das wäre doch ganz normal! Also: bevor ich Ihnen die Fesseln abnehme, sollte ich schon wissen, wo dieser von Ihnen genannte Betrag zu holen ist, nicht? Also…?"

Kimbal keuchte, noch immer betäubt von den furchtbaren Schmerzen in seinem Kopf, und er versuchte, sich zu beruhigen: diese Hexe würde ihn möglicherweise doch freilassen, also musste er eben einiges an Kohle abgeben! Was war das denn schon im Vergleich zu der grausamen Behandlung, die sie ihm zugedacht hatte? Und danach, wenn er wieder frei war, dann würden seine Leute diese Hexe innerhalb einiger Tage gefunden und zu ihm hierher in sein Haus gebracht haben! Und dann...aber dann...!

„Hier," flüsterte er mit einiger Anstrengung und deutete mit dem Kopf nach rechts hinüber „hier, durch diese kleine Türe kommst du in mein Ankleide-Kabinett. Wenn du die beiden oberen Fächer für die Wäsche herausziehst, wirst du an der hölzernen Rückwand eine verblichene Stelle entdecken. Da drückst du mit der Hand drauf und sofort wird die Rückwand beiseite fahren und dir den Zugang zu einem prall gefüllten Geldfach freigeben! Nimm dir einfach, soviel du möchtest, mir ist mein Leben wichtiger als jede Menge von diesem Scheiß-Geld, ja?"

Debora erhob sich, streifte die Latex-Handschuhe ab und legte sie symbolträchtig zwischen Kimbals Beinen hin. Dann folgte sie den Anweisungen des Majors. Und alles lief genauso ab, wie er es beschrieben hatte: in dem Geldfach fand Debora ein große Menge gebündelter Geldscheine vor, die sie vorsichtig herausnahm und abzählte! Es waren exakt zweieinhalb Millionen Rhul! Die Geldbündel legte sie auf einem kleinen Beistelltischchen, welches im Flur unter einem der Fenster angestellt war, ab. Nun begab sie sich wieder zurück in das Folterzimmer und nahm neben dem Bett des Majors Platz. Einige Sekunden begegneten sich ihre Blicke wobei sie der Major, noch immer keuchend, erwartungsvoll anstarrte: Debora nickte nun wissend und beugte sich vor:

„Denkst du denn allen Ernstes, du dreckiges Schwein," flüsterte sie ihm in sein linkes, verätztes Ohr „deine Taten und die deiner Drecksmannschaft könnten euch jemals vergeben werden? Ach, wie gerne würde ich noch lange mit dir hier herumspielen wollen, du mieses Stück Scheiße! Aber langsam, weißt du, muss ich mich um meine Leute in der Armen-Siedlung kümmern: speziell um meinen kleinen Kamio, um seinen Bruder und um seine Mami, die du ja so gerne umbringen möchtest, oder täusche ich mich da?"

„Fahr zur Hölle, du verdammtes Luder!!" schrie Kimbal! Seine sich überschlagende Stimme war eine furchtbare Mischung aus wahnsinnigem Schmerz und aus unkontrolliertem Zorn: „Und der Teufel soll dich holen mit hundert Teufeln und dich durchficken, bis du nicht mehr weißt, wo eins beginnt und wo hundert endet! Und darüber wirst du nachdenken können in der Hölle!"

Schwester Debora nickte mit leidender Miene:

„Naja, dann würde ich sicher dich dort treffen, oder?" meinte sie „Aber zur Feier des Tages habe für dich noch eine interessante Nachricht, mein lieber Major: alle Soldaten, inklusive ihrem Dreckschwein von Anführer hatten wir anlässlich ihres nächsten Besuches bei uns im Kloster umgebracht, ja, ganz einfach umgebracht! Also, anstatt ihnen sexuell zu

Willen sein zu müssen, hatten wir sie alle in einem kleinen Raum vergiftet, ja! Mit einem von mir speziell angemischten Gas v e r g i f t e t !"

Trotz seiner immer noch furchtbaren Schmerzen hob Kimbal leicht den Kopf und starrte seine Peinigerin kopfschüttelnd an:

„Aber…aber wie sollte denn das vor sich gegangen sein? Ihr armen, schwachen Nonnen solltet meine Soldaten ermordet haben? Ha! Dass ich nicht lache! Ihr habt…"

„Nein, lieber Major!" unterbrach sie ihn „Nicht wir, sondern deine Kumpane hatten keine Chance: wir hatten alle vergiftet und sie danach mitsamt ihrer kompletten Ausrüstung in unserem Brunnenschacht im Keller für immer versenkt und einbetoniert! Und nie wird sie jemand dort unten finden können! Das, lieber Major, das war unsere gerechte Rache an euch liederlichen, gewalttätigen Kerlen!"

Kimbal hatte die Augen geschlossen: nun war er sicher, dass ihn seine Peinigerin niemals würde freilassen: dafür hatte sie ihm viel zu viel verraten! Es war diese plötzliche Erkenntnis, die ihn furchtbar wild machte! Und während er wie wild an seinen Fesseln zerrte, schrie er sie an:

„Du verdammte Mörderin, du! Das wird eines Tages wohl herauskommen, bist du dir dessen bewusst? Dieses Kloster wird nicht ewig dort stehenbleiben und neue Missionare werden unsere Männer ausgraben! Und dann werdet ihr alle eure Strafe erhalten! Und die wird mindestens ebenso schrecklich ausfallen, wie du mich hier folterst, Hurenweib verdammtes!"

Seine Hände und seine Knie waren vom andauernden Anreißen bereits dunkelblau verfärbt und angeschwollen! Aber immer noch riss er an seinen Fesseln, allerdings vollkommen sinnlos: Debora hatte während seiner Ohnmacht ganze Arbeit geleistet!

Jetzt saß sie neben ihm und hörte sich seine verzweifelten Drohungen gelassen an! Plötzlich sagte in versöhnlichem Ton:

„Aber wenn ich so nachdenke, lieber Major, ich denke, ich...lasse dich doch frei, ok?"

Jetzt war Kimbal vollkommen verwirrt! Was hatte sie denn jetzt wieder vor?

„Was soll das alles?" krächzte er fragend „Du willst mich wirkli...?"

„Halte jetzt bitte still und ziehe nicht an deinen Fesseln, sonst kann ich sie nicht öffnen, ok?"

In sinnloser Hoffnung lag Kimbal sofort ruhig da! Schwester Debora löste nun ein wenig die Fesseln seiner linken Hand. Gleich jedoch, nachdem diese gelockert waren, zog sie sie wieder fest! Kimbal verstand nichts, er sah nur zu, wie sie auch die anderen Fesseln zuerst löste und dann gleich wieder fest zuzog!

„Bist du denn jetzt vollkommen verrückt geworden?" schrie er auf seinem Folterlager „Was sollte das denn jetzt?"

„Naja," entgegnete sie mit ruhiger Stimme „Dein Ende wird nicht so angenehm ablaufen, mein lieber Kimbal! Du wirst dich mit aller Kraft wehren, um nicht zu sterben! Und darum muss ich einfach auf Nummer Sicher gehen, verstehst du?" Damit griff sie nach hinten und meinte noch: „Und nun habe ich ein besonderes Leckerli für meinen kleinen Drecks-Major bereit: das wird der Abschluss deines Lebens sein, Herr Major! Also..."

Damit holte sie aus der Tragetasche ein weiteres Paar blauer Latex-Handschuhe und streifte sie über. Dann nahm eine kleine, graue Kunststoff-Dose aus der Tüte. Dieser schraubte sie langsam und wie verliebt lächelnd den Deckel ab! Jetzt holte sie, während Kimbal wimmernd vor ihr im Bett zuckte, mit drei Fingern ihrer Rechten einen großen Patzen einer grünlich aussehenden, schrecklich stinkenden Creme heraus! Sie stellte die Dose ab und verrieb die Creme zwischen ihren kunststoff-geschützten Händen. Dabei musste sie ihren Kopf etwas zurücknehmen und die Augen schließen, so scharf stieg der Geruch von ihren Händen auf! Dann erhob sie sich, ging zwei Schritte hin zu Kimbals Hüfte, langte sich dessen Penis und seinen Hoden und begann mit ausdruckslosem Gesicht, die Salbe in die stark durchbluteten Geschlechtsteile einzumassieren! Und schon während Debora genussvoll begann, Kimbals Unterleib zu bearbeiteten, begann dieser entsetzlich zu schreien! Seine Stimme überschlug sich andauernd, die Hölle packte ihn und kein Schmerz der Welt konnte ärger sein, als diese grauenhafte Tortur! Aber Schwester Debora arbeitete wie in Trance: sie massierte weiter und weiter ihre teuflische Salbe in ihr Opfer ein! Eine entsetzliche Hitze fuhr ihm von unten in den

Bauch, in die Nieren, in die Lungen und als sie sein Herz erreichte, war der Major Kimbal Yohm in eine tiefe Ohnmacht gefallen!

Einige Sekunden noch stand Debora vor ihrem Opfer: ja, genauso hatte sie sich die Vergeltung für den seinerzeitigen ruchlosen Überfall vorgestellt! Auch der letzte der Vergewaltiger war nun hingerichtet worden und die lange Wartezeit für die Rache hatte nun ein Ende! Einen einzigen Blick noch warf sie auf den Leib des Majors: alle von ihr behandelten Körperstellen waren aufgequollen und hatten eine grausige, grün-blaue Färbung angenommen! Jetzt packte sie alle mitgebrachten Behandlungs-Utensilien in die Tragetasche und befreite den toten Major von seinen Fesseln, die sie ebenfalls in der Tragetasche verschwinden ließ! Dann begab sie sich in den Flur und holte den Schuhkarton herein. Diesen stellte sie vorsichtig neben Kimbals Massagebett auf den Boden, öffnete die Deckel und wartete zu, bis Wool herausgekrochen war! Durch Kamios perfekte Einschulung gelang es ihr nun, die Schlange mit einem raschen Griff fest am Schwanz zu packen! Sie legte Wool neben Kimbals linkem Oberschenkel auf dem Bett ab, nahm seinen linken Unterarm und bewegte langsam seine Hand hin und her. Durch die Bewegung war Wool sofort aufmerksam und konzentriert, näherte sich der Hand und plötzlich schoss sein Kopf vor und verbiss sich in Kimbals Handrücken!

Trotz Kimbals tiefer Ohnmacht konnte Debora mit ansehen, wie sich der Körper ihres

Opfers im Todeskampf mehrmals aufbäumte.
Und es bedurfte nur knapp eine Minute, bis es zu
Ende War. Kimbals Körper sank in sich
zusammen und der Major a. d. Kimbal Yohm
war tot!

Jetzt nahm Debora den Karton und trug ihn
hinaus auf den Flur, nachdem sie die Zimmertüre
gut geschlossen hatte. Den Karton legte sie im
hinteren Teil des Flurs in einer Ecke ab. Jetzt
begann sie, die zweieinhalb Millionen Rhul in
zwei mitgebrachte Kunststofftüten einzuschlich-
ten. Dabei murmelte sie mit zufriedener Miene:

*'Da wird sie aber schauen, meine kleine
Alena, wenn sich ihre siebenkommasechs
Millionen auf wundersame Weise plötzlich um
zweieinhalb vermehren werden!'*

Danach ging sie über den Flur zur Eingangstüre. Durch den Spion beobachtete sie die
Straße, aber sie konnte niemanden sehen. Und
somit trat sie hinaus und wandte sich ruhigen
Schrittes der Armen-Siedlung zu...

Am dritten Tag nach Kimbals schreck-
lichem Ende erschien folgende Nachricht mit nur
leicht abgeänderten Texten in den Gazetten:

*'Und wieder dürfte ein Einwohner unserer
Stadt an einem Schlangenbiss verstorben sein:
als die Mutter des Majors a.D., Kimbal Yohm,
bereits zwei Tage nichts von ihrem gehbehin-
derten Sohn gehört hatte, verschaffte sie sich mit
dem Reserveschlüssel Zutritt zu dem Haus ihres
Sohnes und fand diesen tot, auf seinem Bett
liegend, vor. Die ermittelnden Beamten fanden
auch eine südamerikanische hochgiftige, bis dato*

noch nicht präzise erforschte Giftschlange in dem Zimmer des Verstorbenen vor. Das Tier wurde von einem Experten eingefangen. Wie diese Schlange in das Büro des Majors eindringen konnte, bleibt ein Rätsel.´

Das neue Leben

Nachdem Alena aus der Armensiedlung weggegangen war und die neue Wohnung in der Stadt bezogen hatte, war es natürlich ihr erster Gedanke, Oma Kandes in ihre Zukunftspläne mit einzubeziehen! Als ihre Busenfreundin Alena wieder eines nachmittags zum Kaffee besuchte, bot diese ihr an, doch hier einzuziehen: sie hätten genügend Platz für alle vier: ein Zimmer für Oma Kandes, eines für die beiden Buben und eines für sie selbst! Oma Kandes hatte sich kurz im Raum umgesehen, ihr Gesicht hatte sich erhellt und sie meinte nickend:

„Das, meine liebe Alena, ist wirklich sehr, sehr großzügig von dir! Aber, warum sollte ich denn euer Privatleben mit meiner dauernden Anwesenheit stören? Und ich nehme doch einem der Buben sein eigenes Zimmer weg, oder? Das kann ich nicht…"

„Bist du sofort ruhig?" unterbrach Alena sie gespielt streng „Das einzig Beunruhigende an deinem Wohnungswechsel ist doch, wie wir dich unauffällig aus der Armensiedlung herausbringen, oder? Wenn allzu viele Leute dort merken, dass du mit uns oder bei uns wohnst, wird sie die Neugier übermannen und man wird sich fragen, woher wir denn das Geld für einen Umzug in die Stadt herbekommen haben?"

Oma Kandes überlegte und Alena sah darin die Bestätigung, dass ihre Freundin diesen Umzug doch akzeptierte!

„In einer Sache hast du recht, liebe Freundin!" sagte Oma Kandes dann „Alle in der Siedlung zerbrechen sich den Kopf darüber, wie und wohin ihr denn abgehauen seid? Immer wieder schleichen sie sich an mich heran, da sie ja annehmen, ich wüsste mehr über euch! Natürlich erfahren sie gar nichts, aber du hast schon recht: meinen Auszug aus der Siedlung, den werden wir ganz, ganz raffiniert durchziehen müssen!"

Sie beide sprachen es nicht aus: die Angst vor Entdeckung belastete sie doch immer wieder! Wenn plötzlich Soldaten die Wohnung stürmen könnten - sowohl Alena und auch Oma Kandes alias Schwester Debora hatten solches ja bereits erlebt - , dann war alles umsonst gewesen: das Geld wäre weg, ihre Wohnung könnten sie sich dann nicht mehr leisten und die entwürdigende Rückkehr in die Armen-Siedlung wäre die logische Konsequenz! Mit einem Mal hob Oma Kandes ihren Kopf, sah Alena durchdringend an und fragte leise, während sie Daumen und Zeigefinger ihrer Rechten, dieser weltweit üblichen monetären Geste, aneinander rieb:

„Und wo, meine liebe Freundin, wo hast du deinen Schatz aufbewahrt? Und denkst du auch, dass du ihn sicher versteckt hast?"

Alena lächelte, zog ein wenig die Schultern hoch und gab Oma Kandes, indem sie sich vorbeugte, flüsternd bekannt:

„Das kannst du dir ja selbst denken, Oma Kandes, dass ich diesen irrsinnigen Betrag niemals auf ein Bankkonto einzahlen dürfte: ich denke, einen Tag später hätte ich die Polizei auf dem Hals und ich müsste die Herkunft des Geldes erklären! Und könnte ich das für die Polizei nicht erschöpfend erklären, hätten diese Schweine, das heißt der Polizeichef und der Bankdirektor, mein Geld gesperrt, eingezogen und unter sich aufgeteilt! Und darum habe ich nicht weit von hier, nämlich im Zentrum, wo es praktisch keine Einbrüche gibt, eine winzige Garçonnière angekauft! Und dort zusätzlich auch gleich zwei einbruchssichere Schlösser einbauen lassen, natürlich von zwei verschiedenen Firmen! Also, wenn nicht gerade die Welt unterginge, an dieses Geld kommt außer uns dreien niemand!" Sie unterbrach sich und setzte hinzu: „Entschuldige, bitte, ich meine natürlich: außer uns vieren, ja? Bist du nun beruhigt?"

„Du hast es dort in der Wohnung?"

„Aber natürlich, Oma Kandes, sicher! Wenn niemand dummes Zeug über unseren Schatz ausplaudert, werden wir noch hundert Jahre lang damit gut auskommen können!"

Ab dem nächsten Tag begann Oma Kandes unauffällig und regelmäßig, Tag für Tag, etwas von ihren Kleidern und von ihrem Habgut in kleinen Tragetaschen hinüber nach Alenas Wohnung zu bringen. Da sie ja mit ihren Heilkünsten immer schon außerhalb der Armen-Siedlung unterwegs gewesen war, fielen diese Stadtgänge unter den Bewohnern nicht weiter auf!

Ja, und eines Tages kam sie nicht wieder! Radner, der korrupte Siedlungs-Chef, war schwerst gekränkt in seiner Eitelkeit! Waren doch die beiden Frauen, Alena und Oma Kandes die einzigen weiblichen Siedlungs-Bewohnerinnen, die er mit seinem Macho-Gehabe nie hatte beeindrucken können! Und jetzt noch dies dazu!

„Ich werde diese beide Huren-Weiber ausfindig machen!" so lief er schreiend in der Siedlung umher „Die sind uns noch einige Zahlungen schuldig! Jawohl, uns allen!" versuchte er, die Mehrheit der Bewohner auf seine Seite zu ziehen! Aber was um aller Welt hatten diese beiden Frauen denn Böses angestellt?

Radners armseliges Gekreische verlief ungehört im Sand und bald schon reagierte kein einziger Bewohner mehr auf seine Rache-Schwüre!

10 Jahre später...

Das Volk hatte sich erhoben. Nach der langen, demütigenden Zeit der Repression, der Willkür und der staatlich genehmigten Korruption waren die Massen aufgestanden, hatten sich perfekt organisiert: die stumpfsinnigen, saturierten, gierigen Regierungsmitglieder waren so angestrengt mit ihren illegalen und daher nicht versteuerten Einnahmen beschäftigt, dass sie den Untergrund aus den Augen verloren hatten. Dort jedoch wuchs der Widerstand zu einer letztlich unübersehbaren, krasse Änderungen fordernden Masse heran! Und plötzlich standen sie alle vor den Regierungsgebäuden im ganzen Land! Hunderttausende und bald Millionen standen schweigend, einem dräuenden Wirbelsturm gleich auf den Zufahrtsstraßen zu den Regierenden! Keinem Panzer, keinem militärischen Mannschaftswagen gelang ein Durchkommen zu ihren Chefs in deren Amtssitzen! Und keiner der Verantwortlichen Militärs getraute sich, die schweigende Menge zu überrollen: waren doch hunderte sensationslüsterne TV-Kameras und Fotoapparate der Journalisten aus aller Welt auf diese knisternd gefährliche Situation gerichtet!

Dann plötzlich erfolgte aus dem Regierungsgebäude der schreckliche Befehl an die Militärs, sich den Weg zu den Amtssitzen einfach freizuschießen! Der diensthabende General sah von seinem Panzer hinunter auf die schweigenden Massen, schüttelte bedächtig seinen Kopf und erklärte sich außerstande, solch einen unmenschlichen Befehl ausführen zu können! Über von ausländischen Kameraleuten blitzschnell hergestellte technische Verbindungen konnte man durch Lautsprecher über den ganzen Platz die angstvoll kreischende Stimme des Verteidigungsministers vernehmen:

„General Panya! General Panya! Sofort machen Sie diesem Aufruhr ein schnelles Ende! Haben Sie verstanden? Wenn Sie nicht innerhalb einer halben Stunde mit Ihren Truppen hier am Regierungsgebäude eintreffen, sind Sie gefeuert, ist das klar??"

Durch alle in den Straßen ausharrenden Massen ging ein Raunen und die Reaktion auf diesen unmenschlichen Befehl konnte nicht ausbleiben: mit einem Mal sprangen Bürger aller Altersklassen hinauf auf die Panzer und auf die Kommandowägen, setzten sich mit erhobenen und daher Frieden signalisierenden Handflächen zu den Soldaten und begannen, mit ihnen zu reden!

„Ey, Kollege! Siehst du uns hier, wie wir versuchen, aus diesem erbärmlich heruntergewirtschafteten Land wieder einen sauberen Staat zu machen? Und wollt ihr uns friedliebende Menschen mit euren Kanonen denn wirklich aufhalten? Was, meinst du, ist nun wichtiger für dein Land, he?"

„Aber," kam die unentschlossene Antwort aus dem Cockpit des Panzers herauf „ihr seid doch die Feinde, oder? Wir dürfen euch nicht so weitermachen lassen! So lautet unser Befehl!"

„Die Feinde, lieber Mann, die Feinde sitzen dort drinnen in den Regierungsgebäuden! Diese korrupten Schweine zerstören Wirtschaft, Freiheit und Staat! Was denn ist in den letzten Jahren in diesem Staat Positives passiert? Außer, dass die Regierung alle wichtigen Posten in diesem Staat mit ihren vollkommen unfähigen Familienmitgliedern besetzt hat? Dass laufend Steuern erhöht werden, dass sie unseren Staat ausquetschen wie eine Zitrone, um diesen fettgefressenen, untätigen Moloch aus gierigen und unproduktiven Faulenzern am Leben zu erhalten? Sehr ihr das denn nicht?"

Solche und ähnlich fruchtbare Gespräche mit den armen und völlig unorientierten, jungen Soldaten gab es überall in den Straßen! Diese aber bekamen keinerlei Befehle von oben und ein Soldat ohne Befehl ist nichts anderes als ein kaputter Schalter!

„Na? Was meinst du dazu?" hörte man überall fragen „Möchtest du später einmal nicht auch sagen dürfen: meine Kompanie und ich, wir haben diesem Land die Freiheit wiedergegeben? Wir waren das, die diese durch und durch korrupte Regierung abgesetzt und aus dem Lande gejagt hatten! Kannst du dich mit uns solidarisch erklären?"

Jetzt rückten die TV-Stationen mit ihren Kameras näher, fingen Gesprächsfetzen auf, und sendeten in die ganze Welt Bilder von unsicheren, nachdenklich gewordenen jungen Soldaten! Reporter wagten sich nun ebenfalls an die Panzer heran, bestiegen diese und sprachen in der

Landessprache mit den Panzerführern! Und sie gaben ihnen Mut, als starker Arm einer jungen Demokratie eine faire Chance zu bieten und dem Druck der regierenden Wirrköpfe keinesfalls nachzugeben! Hier konnte man die Solidarität demokratischer Gesinnung der freien Welt mit der Forderung an die Politik klar erkennen: Packt eure Sachen und verschwindet von hier! Die Aura der Freiheit war nicht mehr zu verdrängen und es dauerte nur einige Tage, bis die Regierung nachgab und die Demokratie glorreichen Einzug halten konnte!

In nur wenigen Wochen war ausnahmslos und ohne Rücksicht auf Namen und Position sämtliches korruptes Geschmeiß aus den Ämtern entfernt worden! Die demokratischen Werte nahmen langsam aber sicher wieder von den Menschen Besitz! Die Wirtschaft prosperierte und die Arbeitslosenanzahl sank merklich! Kinder gingen wieder ordentlich zur Schule und mit großem und gefühltem Optimismus begann wieder ein Leben, welches die Menschen hier unter Einhaltung der gesetzlichen Vorgaben wirklich genießen konnten!

Klare Verhältnisse

Alena lebte wie in einem Traum: sie hatte weder gesundheitliche noch finanzielle Sorgen und ihre beiden Buben, die jetzt schon zu jungen Männern herangereift waren, machten sie stolz: Lotser hatte eben seinen Abschluss an einer Fachschule gemacht und umgehend eine gut bezahlte Stelle als Assistent in einer Wirtschaftskanzlei angeboten bekommen! Kamio hingegen arbeitete schon einige Jahre als ausgebildeter und tüchtiger Tierpfleger im staatlichen Zoo!

Dieses neue, geordnete und befreiende Leben beflügelte die Menschen in ihrem Denken, in ihrem Tun und auch in ihrem Hoffen! Und auch bei Oma Kandes, der Alena zwischenzeitlich eine kleine, gemütliche Eigentumswohnung gekauft hatte, machte sich der natürliche Wunsch breit, ihrem Leben wieder die alte, saubere Form zurückzugeben! Ihr fehlte ihr ehemaliges Klosterleben sehr und nun, mit dieser Wandlung im Staate sah sie die Möglichkeit, ihre alten Strukturen wieder zu beleben!

Es war ein sonniger, angenehmer Frühlingsmorgen und Oma Kandes besuchte ihre Freundin Alena auf ein Plauderstündchen. Nun saßen sie im Wohnzimmer, Alena hatte Kaffee zubereitet und ihrer Freundin gegenüber Platz genommen. Oma Kandes verhielt sich irgendwie eigenartig und mit ihrem Feingefühl erkannte Alena, dass sie es ihrer Freundin leichter machen könnte und das Gespräch selbst beginnen sollte:

„Nun, meine Liebe, liege ich richtig mit meiner Annahme, dass du mir etwas erzählen möchtest?"

Oma Kandes blickte dankbar auf, nickte und begann:

„Du kennst mich ja nur als Oma Kandes, als Kräuter-Hexe und als hilfreiche Freundin, meine kleine Alena, oder? Aber die Zeiten haben sich gewandelt und noch immer trage ich schrecklich viele und grausige Erinnerungen mit mir herum!"

Alena blickte erstaunt auf: sie spürte, dass sie ihrer Freundin mit der Aufforderung zu erzählen, eine große Last abgenommen hatte!

„Mein richtiger Name ist Kisha, Kisha Nuu! Und ich werde dir, meine liebe Alena, nun alles über mein Leben erzählen! Und was du jetzt zu hören bekommst, das wird dich wahrscheinlich zutiefst erschüttern! Aber schon jetzt ersuche ich dich, auch meine Beweggründe zu den furchtbaren Handlungen zu berücksichtigen!"

Und nun begann sie, vor Alena alles auszubreiten: ihre Jugend, ihre Zeit als junge Frau, ihren Wechsel ins Kloster, die schrecklichen Ereignisse dort und auch ihre Mit-Entscheidung, das Kloster zu schließen und unterzutauchen!

Nach einer Pause, in der beide Frauen nur dasaßen und in sich gingen, fuhr Oma Kandes fort und erzählte Alena auch über ihre Hilfestellung zur Ausschaltung des großen Feindes der Familie Nangjin, dieses Majors Kimbal Yohm!

Als sie mit ihrem Bericht ans Ende gekommen war, seufzte sie tief, hielt ihren Kopf gesenkt und es waren dicke Tränen der Erleichterung, die ihre Wangen herunterliefen! Alena saß da wie paralysiert: in ihren Gedanken ließ sie das Gehörte nochmals Revue passieren und sie war ebenso erleichtert wie ihre Freundin: sie begann zu lächeln, stand auf, ging hinüber zu Kisha und nahm deren Hände in die ihren:

„Das war gut so, Kisha! Jetzt habe ich doch endlich einen anständigen Namen für dich, nicht? Du hast, meine liebe Kisha, alles richtig gemacht, denn sonst würdest du nicht hier bei mir sitzen!" Sie nahm ein Papiertaschentuch aus ihrer Hosentasche und trocknete damit Kishas Gesicht „So, meine liebe Freundin, dein Bericht bleibt in unser beider Köpfe einzementiert und niemand sonst wird davon erfahren, ok?"

Kisha sah dankbar auf, begann ebenfalls zu lächeln und flüsterte mit erstickter Stimme:

„Du bist wirklich der beste Mensch auf Erden, Alena! Und der HERR soll dir und deinen Jungs weiterhin beistehen bei allem, was du tust oder was du noch vorhast!"

Kaffee wurde neu nachgeschenkt und es folgte eine ruhige und besinnliche Phase der Erinnerung, des Nachdenkens und des Verstehens: sie sprachen wenig, Alena wollte nicht zu sehr in Kisha dringen und fragte sie nur das Notwendigste, um Ordnung in ihre aufgewühlten Gedanken bringen zu können! Nach längerer Zeit löste sich die anfängliche Spannung und sie plauderten schon lockerer über dies und über das! Plötzlich fragte Kisha:

„Entschuldige, Alena, aber hast du das viele Geld eigentlich noch immer in dieser Garçonnière deponiert?"

„Aber nein doch!" antwortete diese „Unter diesen neuen, gesellschaftlichen Umständen konnte ich es schon wagen, mein Geld doch sicherer aufzubewahren und zwar bei Banken, Kisha! Ich habe das gesamte Vermögen immer in kleinen Margen bei drei Banken auf Sparbücher einbezahlt und niemand hatte sich darum gekümmert, woher ich denn dieses viele Geld habe!"

„Na, da bin ich aber schon erleichtert!" rief Kisha aus „ich hatte immer Angst, dass jemand in diese Wohnung einbrechen könnte und du wärst mittellos dagestanden, oder?"

„Naja," meinte Alena lächelnd, „so mittellos nun auch wieder nicht, meine kleine Freundin: auch hier zu Hause hatte ich als letzte Reserve noch eine Million aufbewahrt! Und noch etwas, liebe Kisha:" setzte sie hinzu „Ich habe alle sieben Sparbücher mit dem gleichen Losungswort versehen, und zwar mit *Oma Kandes*! Für alle Fälle, weißt du? Und so kannst du dieses Losungswort doch eigentlich nicht vergessen, oder?"

Beide lächelten und Kisha war zufrieden mit dieser Nachricht! Sie hatte sich ehrliche Sorgen wegen dieses Geldes gemacht! Dann erhob sie sich und gab ihrer Freundin bekannt, dass sie noch einen Sprung in die Markthalle müsse, um dort einige seltene Kräuter für eine neu gemischte Heilsalbe gegen Venenprobleme zu suchen!

Eine alte Gefahr

Kisha schlenderte glücklich durch die Gänge der Markthalle: sie fühlte sich nach dem Besuch bei Alena derart befreit, sie konnte kaum damit umgehen! Eine riesige Last war von ihren schwer geprüften Schultern gefallen und sie hoffte inständig, dass sie mit ihrem Geständnis ihre Freundin doch nicht allzu zu stark belastet hatte!

Eben kam sie an einem Stand mit verglaster Gangfront vorbei. Sie hielt an, um die in den Läden auf schrägen Tischen appetitlich präsentierten Spezial-Teigwaren zu begutachten, als plötzlich ein heftiger Adrenalinstoß ihren Körper durchfuhr: die Spiegelwirkung der Glasscheibe ließ sie plötzlich...Radner erkennen! Er stand nur da und sie wusste: er hatte sie ebenfalls erkannt! Kisha blieb stehen und zwang sich, nicht die Nerven zu verlieren! Als sie sich soweit in der Gewalt hatte, drehte sie sich um und sah Radner offen und mit erhobenem Haupt in dessen Schweinsäuglein! Ihr Verfolger setzte ein dreckiges Grinsen auf, trat näher an sie heran und sagte leise:

„Ach, sieh mal einer an! Da haben wir doch unsere Oma Kandes, die sich heimlich und ohne eine Abschlagszahlung aus der Siedlung geschlichen hatte! Jojojoi, Mami! Treff ich sie doch zufällig hier in der Halle! Und jetzt weiß ich sicherlich auch schon, wo ich ihre Freundin, diese Alena und ihre beiden Kretins finden werde, hab ich Recht?"

Er verzog sein Gesicht zu einer ironischen Grimasse und fuhr fort: „Jetzt habe ich euch endlich gefunden! Und das wird mir einen schönen Batzen Geld bringen, wenn ich euch beide nicht bei den Polizisten anzeige! Und weswegen, meinst du, Oma Kandes? Naja, da sind doch kurz, bevor ihr beide abgehauen seid, einige wertvolle Dinge aus meinem Büro verschwunden! Und nun fragen wir uns doch einmal, wie ihr euch diesen Umzug denn habt leisten können? Weiß doch Gott und die Welt, dass man hier in der Stadt ohne Geld maximal bis zur Gehsteigkante kommt, oder?"

Er schwieg und starrte sie an. Kisha hielt seinem Blick problemlos stand und antwortete:

„Also, das ist doch lustig, oder? Wertvolle Gegenstände aus deinem Büro sind weggekommen? Da lachen aber die Hühner, mein lieber Radner! Kein noch so dummer Polizist wird dir dieses Märchen abnehmen! Aber ich muss dir dazu etwas mitteilen: ich denke, du machst einen Riesenfehler, wenn du uns belästigst! Ich sage dir das jetzt nur ein einziges Mal, du Blödmann und kein zweites Mal! Wir beide, Alena und ich, wir werden dir dein Geld beschaffen, aber das wird schon noch zwei bis drei Wochen dauern! Schließlich müssen wir uns das vom Mund absparen und unsere staatliche Unterstützung ist für solche eigenartigen Sonderausgaben nicht geeignet!"

Radner grinste unverschämt und entgegnete:

„Also, meine liebe Oma Kandes: das mit der staatlichen Unterstützung, das kannst du deiner Tante erzählen: nie im Leben hättet ihr zwei inklusive der beiden Fratzen es ohne irgendeine finanzielle Zuwendung geschafft, die Siedlung zu verlassen und in die Stadt ziehen zu können! Und deshalb, liebe Frau, bin ich überzeugt, ihr habt von irgendjemandem eine Menge Kohle bekommen! Das werde ich herausfinden und dann, ja dann...dann werdet ihr blechen, dass ihr schwarz werdet! Du weißt wo du mich finden kannst?“

Damit dreht er sich um und ließ Kisha stehen. Mit schnellem Schritt ging er in Richtung Zentrum und Kisha sah ihm gedankenversunken nach. Sie wusste: dies würde die wirklich letzte Hürde zu Alenas sorgenfreiem Leben sein! Sie setzte sich in Bewegung, spazierte, noch immer aufgewühlt, die Straße neben dem Bahnhof entlang, als ihr dort die auf Freier wartenden Prostituierten auffielen! Kisha war verwundert: wie oft denn schon war sie hier entlangspaziert und niemals hatte sie auf die Dirnen geachtet! Die gehörten einfach zum Bild dieses Stadtteiles und mit einem Mal erkannte sie eine vage Möglichkeit, diesen Drecksack Radner loszuwerden! Während sie die Szene der freien Liebe abschätzte, murmelte sie vor sich hin:

Ich werde kämpfen wie eine Löwin, Radner, du mieses Stück Dreck! Da kannst du dir sicher sein! Du wirst für meine Alena und ihre Buben kein Stolperstein auf dem Weg zu derem vollkommenen Glück sein dürfen! Und sollten wir dich auf normalem Wege nicht loswerden, wirst du unsere Verbindungen am eigenen Leib schmerzhaft zu spüren bekommen! Jetzt näherte sie sich dem am nächsten stehenden Mädchen, trat an sie heran sah sie wortlos an. Die Kishas Meinung nach höchstens zwanzigjährige Hure, schwarzhaarig, ganz hübsch und sexy gekleidet, war ein wenig verwirrt! Sie wandte Kisha den Kopf zu und fragte nach einigen Sekunden Überlegens etwas flach:

„Na, Mutti? Brauchst du Hilfe? Ist dir vielleicht schlecht, brauchst du Kohle? Im letzteren Fall musst du zu meinem Freund gehen, ich kann dir leider nichts geben, ich warte selbst noch auf mein erstes Geschäft!"

Kisha lächelte und antwortete:

„Gott sei Dank brauche ich nichts von dir, mein Mädel! Aber ich bitte dich, mir ehrlich zu antworten: wer von deinen Genossinnen hat gesundheitliche Probleme?"

Sofort erkannte Kisha an der ablehnenden Haltung des Mädchens, dass solche Fragen in dieser Branche absolut unerwünscht waren! Aber Kisha fuhr gleich fort:

„Hey! Bitte, sei nicht gleich böse, aber ich könnte euch wirklich helfen! Mit meinen Spezial-Natur-Salben kann ich eure Krankheiten in kürzester Zeit wegheilen, versprochen!"

Das Mädchen blickte sie lange nachdenklich an und meinte:

„Also, Mutti, wenn du das schaffst, dann hast du bei uns allen auf ewig einen riesigen

Stein im Brett! Also..." nun dachte sie nach und begann, aufzuzählen: „Da wäre einmal Bonny, Gimbil,...dann Muntso und auch Sarta! Die haben wirklich große Probleme mit ihrer Haut, mit Tripper und so weiter! Und du meinst, dass du das alles wegkriegst mit deinen... Wundersalben?"

Kisha ging umgehend in medias res: schon am selben Tag, spätnachmittags, traf sie die genannten Mädchen und begann sofort mit den Behandlungen...

Kisha hatte auch entschieden, ihrer Freundin Alena nichts von der Begegnung mit Radner zu erzählen! Als dieser jedoch anlässlich ihres nächsten Besuches in der Markthalle wieder hinter ihr stand und jetzt bereits Geld forderte, war ihr Plan innerhalb einiger Sekunden exakt geschmiedet!

Der HERR im Zuhälter-Café

In einem der südlichen Außenbezirke der Stadt saßen gegen Mittenacht im Café *Harlekin,* wie immer um diese Zeit, die sechs mächtigsten Zuhälter der Stadt beim Kartenspiel zusammen: Kulge, Jamm, Brehjt, Skuma, Foosa und Triggdó. Alle saßen sie da in ihren Maßanzügen, ihren Maßhemden und in ihren Maßschuhen, sämtlich finanziert durch die Liebesdienste ihrer Huren an sex-bedürftigen Kunden. Ohne Ausnahme rauchten sie teure Zigarren! Und sie hatten die mit ihren Namen gekennzeichneten, angebrochenen Flaschen mit 12 Jahre altem *Chivas Regal* hinter sich auf der um den ganzen Raum an allen vier Wänden laufenden hölzernen Ablage-Etagere stehen.

Soeben hatte Kulge, er war ein haltloser Hasardeur, den zwischenzeitlich auf bereits achtzehntausend Rhul angewachsenen Pot nochmals verdoppelt und wartete auf die Reaktionen seiner Mitspieler. Triggdó, ein eher besonnener Spieler, warf seine Karten hin und stieg aus, ebenso taten es danach Brehjt und Foosa. Jamm und Skuma überlegten, spielten mit ihren Geldscheinen und waren sich nicht sicher. Nun hatte Jamm entschieden und auch er stieg aus. Als Letzter hob Skuma nun seinen Kopf, blickte Kulge lange an und meinte lächelnd:

„Ey, Junge! Da sind sechsunddreißig Riesen drinnen und ich soll jetzt achtzehn nachbringen? Und wie ich dich kenne, hast du ein Scheiß-Blatt in der Hand! Oder irre ich mich?"

Mit keiner verräterischen Reaktion ließ Kulge sich anmerken, ob Skuma richtig lag: mit gelangweilter Miene entgegnete er Skumas Blick und trommelte leise mit den Fingern auf sein vor ihm verdeckt liegendes Blatt. Nun dürfte auch Skuma entschieden haben, er holte tief Luft und wollte nach seinem Geldstapel greifen, als die Türe aufging und herein trat...eine Nonne! Ihre weiße Schwesterntracht passte in diesen Raum wie eine Stechmücke in eine Mondrakete! Sie blieb stehen, schloss die Türe wieder hinter sich und grüßte lächelnd:

„Guten Abend, meine Herren! Ich bin Schwester Debora!"

Die sechs Zuhälter waren derart perplex, dass sie kein Wort hervorbrachten! Kisha wartete einige Sekunden, sah alle der Reihe nach an und fragte:

„Ich muss mich natürlich für mein Eindringen in Ihre nette Runde entschuldigen, meine Herren, aber würden Sie mir gleich sagen, wer denn hier der Chef ist?"

Jetzt war die Unsicherheit noch größer geworden! Was hieß hier Chef? Hier gab es kein eigentliches Oberhaupt, hier war jeder sein eigener Chef, bzw. war er es für seine Nutten! Endlich hatte sich Triggdó gefasst und meldete sich mit etwas belegter Stimme, jedoch in freundlichem Ton:

„Liebe Schwester...wir...also, Chef gibt es hier keinen, aber wenn Sie uns etwas fragen möchten, werden wir Ihnen gerne zu antworten wissen, ja?"

Kisha in ihrer Nonnentracht strahlte etwas Bestimmendes, Friedliches aus und die sechs Zuhälter wussten immer noch nicht, wie sie sich zu verhalten hatten! Aber Triggdó war schon etwas weiter und fragte mit forschendem Ton:

„Sie werden wohl wissen, Schwester, in welchem Lokal Sie sich hier befinden, oder?"

Kisha lächelte nickend und antwortete:

„Aber natürlich, mein Herr, sicher weiß ich das und dieser Besuch war geplant: er sollte Ihnen und Ihren Damen einen echten Vorteil bringen!"

Jetzt kam noch ein Rätsel hinzu! Die Spieler hatten nach und nach ihre Karten auf den Tisch geworfen, sich Kisha zugewandt und warteten gespannt, was diese eigenartige Glaubensfrau ihnen nun weiter erklären würde!

Niemand sprach ein Wort, Kisha sah sie alle noch einmal mit verschmitztem Lächeln an und wandte sich zur Türe. Sie öffnete sie und winkte jemandem, hereinzukommen. Und wer erschien jetzt, für die Zuhälter nicht nachvollziehbar? Vier ihrer Mädchen! Diese bezogen neben der Nonne Kisha Stellung, nämlich zwei links von ihr und zwei rechts! Das Ganze sah irgendwie komisch aus! Die Mädchen betrachteten angstvoll die gerunzelten Gesichter ihrer Luden: das nämlich gefiel denen gar nicht, dass ihre Einkommensquellen nicht draußen auf der Straße Freier anlachten! Aber Kisha hatte alles im Griff!

„So, meine Herren, bitte bleiben Sie ganz ruhig! Wie Sie ja wissen, hatte Ihre Bonny," sie

195

wies auf die links von ihr stehende schlanke Rothaarige „schon länger mit einem furchtbaren Hautausschlag an den Innenseiten ihrer Schenkel zu kämpfen, oder?"

Foosa, für den die Kleine arbeitete, nickte nach einigem Nachdenken. „Und wir wissen auch," fuhr Kisha fort „dass Bonny im letzten Monat für etliche Tage ausfiel, da ihr anlässlich der letzten ärztlichen Untersuchung der Dienst am Kunden verboten worden war, stimmt auch?"

Wieder nickte Foosa. Kisha lächelte und fuhr fort:

„Hier neben mir steht eure Gimbil. Sie musste vor zwei Wochen ebenfalls pausieren, ein riesiges, grausliches Furunkel auf ihrem Rücken erlaubte ihr keinen Liebesdienst, oder?"

Jetzt nickte Gimbils Lude Brejht mit ernstem Gesicht!

„Und hier habe ich noch Sarta, für längere Zeit außer Gefecht gesetzt durch einen bösen, eitrigen Ausschlag auf ihrem Unterbauch!"

Jetzt war es Kulge, der unruhig auf seinem Sessel hin und her gerutscht war und Kishas Mitteilung bestätigen musste!

„Naja," fuhr Kisha nun fort „und hier haben wir noch eure Muntso, seit Monaten mit einem ungeheilten und nicht ungefährlichen Tripper unterwegs! Und auch sie darf eigentlich draußen nicht arbeiten, stimmts?"

Zuhälter Jamm verzog verzweifelt sein Gesicht: er war es, für den Muntso anschaffen ging! Die sechs Männer sahen sich an und keiner wusste, was nun noch kommen sollte!

„Ich denke," meinte Kisha nun ruhig, „der Ausfall eurer Mädchen durch diese schweren Infektionen haben euch allen eine schöne Stange Geld gekostet, oder?"

Jetzt endlich waren sie mit Kisha auf einer Linie! Sie nickten eifrig und redeten wild durcheinander! Aber Kisha wandte sich nun hin zu Sarta, griff nach derem extrem kurzen Kleid, fasste es und hob es leicht an:

„Na, meine Herren? Sehen Sie noch irgendeine Spur eines Ausschlages auf diesem Bauch hier?"

Alle blickten konzentriert auf Sarta und stellten fest, dass nur eine glatte, unverletzte Haut zu sehen war!

„Und auch Ihre Gimbil hat kein Furunkel mehr auf ihrem Rücken, Muntsos Tripper ist Geschichte und Bonnys Krätze auf der Innenseite ihrer Schenkel, die gibt es ebenfalls nicht mehr!"

Jetzt war es mucksmäuschenstill im Raum! Muntso trat vor und informierte die Zuhälter:

„Unsere liebe Schwester Debora hat uns vor zwei Wochen kontaktiert, wir hatten ihr alles über unsere Schwierigkeiten erzählt. Dann ist sie am nächsten Tag hergekommen und hat uns einige Tage lang mit ihren Wundersalben behandelt! Und jetzt hört gut zu Burschen: sie hat uns alle gesund gemacht, ja, ehrlich, ganz gesund!"

Sie schwieg und stellte sich wieder neben Kisha hin. Kisha stand nur da und wartete. Sie wusste genau, was nun kommen würde und schon meldete sich Triggdó:

„Also, hören Sie, liebe Schwester Debora: natürlich haben Sie uns allen sehr geholfen und dies werden Sie sicherlich nicht umsonst getan haben, oder? Sie sollen jede Summe, die Sie uns für diese erstklassigen Behandlungen nennen, auch hier und sofort erhalten! Ich denke, dies ist doch der Grund Ihres Besuches bei uns? Also?" Kisha lächelte innerlich! Genauso hatte sie sich diese Begegnung mit den Zuhältern vorgestellt! Sie bat die Mädchen nun, das Zimmer zu verlassen, dann nahm sie sich einen Stuhl heran, nahm zwischen Triggdó und Foosa Platz und informierte die Zuhälter über ihr Honorar: „Ihr kennt doch alle die Wellblech-Siedlung drüben im Norden?" Alle sechs Männer nickten sofort! „In dieser Siedlung gibt es einen Mann, Radner mit Namen, der nicht nur alle diese armen Menschen dort drangsaliert, sie erpresst und die wehrlosen Frauen zwingt, ihm zu Willen zu sein!" Hier stockte Kisha: sie konnte sich vorstellen, dass dieser letztgenannte Punkt nicht unbedingt moralische Reaktionen ihrer Zuhörer auslösen würde! „Dieser Radner" fuhr sie jetzt fort „hat auch mir und meiner Freundin, einer alleinerziehenden Mutter zweier Buben einiges an Gewalt angedroht, sollten wir ihm nicht laufend Geld aushändigen! Geld, welches wir aber nicht haben, verstehen Sie, meine Herren?"

Die sechs blickten Kisha mit ausdruckslosen Gesichtern an und zeigten vorerst keinerlei Reaktionen!

„Ich weiß nicht, wie ich meiner Freundin helfen soll! Mir persönlich ist es egal, ob er mich schlägt, mich umbringt oder sonst etwas! Aber sie, sie darf er nicht finden! Bisher konnte ich das verhindern, aber ich weiß nicht, wie lange ich sie noch schützen kann!" Sie senkte ihren Kopf und sprach leise weiter: „Das, meine Herren, wäre mein Honorar für die Heilung Ihrer Mädchen: Sie sollen diesem Schwein beibringen, dass er uns für immer und ewig in Ruhe lassen soll!"

Sie saß da und starrte mit Tränen in den Augen ins Leere! Nur einige Sekunden dauerte es und dann sagte Triggdó in die Stille hinein:

„Schwester Debora! Sie haben uns ungebeten geholfen und natürlich wissen wir jetzt auch, dass Sie das mit einem Hintergedanken taten! Aber Sie waren aufrichtig und das gefällt uns! Und ich denke, eine Hand wäscht die andere und wir…" er sah sich kurz um und alle am Tisch nickten wortlos „…wir alle sind einverstanden, Ihnen in dieser Angelegenheit zu helfen! Jetzt gehen Sie einfach nach Hause und bleiben Sie ruhig: wir werden uns umgehend um diesen… wie heißt der Kerl doch gleich?…ah ja…Radner! kümmern, einverstanden?"

Kisha hob den Kopf, wischte sich die Tränen weg und antwortete dankend:

„Gott segne Sie, meine Herren! Meine Freundin und ich, wir danken Ihnen schon jetzt für Ihre Hilfe! Und wenn Ihre Mädchen wieder einmal medizinische Hilfe benötigen, ich werde da sein, das garantiere ich Ihnen!"

Damit erhob sie sich, grüßte nochmals in die Runde und verließ das Café. Die sechs Zuhälter jedoch spielten nicht weiter: so als besprächen sie die Anschaffung eines Paketes neuer Karten klärten sie ab, wer für das Projekt Radner zuständig sein sollte! Erst danach nahmen sie ihre Karten wieder auf...

Die Befreiung

Zwei Tage später saßen Kisha und ihre Freundin Alena abends in deren Wohnzimmer. Die beiden Frauen besprachen Fragen, wie sie Kamios neue Wohnung, die Alena für ihren jüngeren Sohn und dessen Verlobte angekauft hatte, einrichten könnten. Nebenbei lief der Fernseher und als die Nachrichten gebracht wurden, bedeutete Kisha ihrer Freundin, still zu sein und zuzusehen: das Bild, welches nun gezeigt wurde, jagte Alena einen großen Schrecken ein! Sofort erkannte sie Radner, ihren Peiniger aus der Armen-Siedlung! Schweigend vernahmen Alena und Kisha nun, was der Moderator bekanntgab:

Einen grausigen Fund machte gestern Nachmittag der Kranführer auf dem Müllberg im Stadtviertel Bogennut: seine Schaufel erfasste eine männliche Leiche. Wie sich später herausstellte, handelt es sich um einen gewissen Radner Laapon. Er war Bewohner der nahegelegenen Armen-Siedlung. Die Obduktion ergab, dass Laapon schwere Verletzungen aufwies, an denen er wahrscheinlich verstorben war. Die Verletzungen könnten dem Verstorbenen jedoch auch durch die Greifschaufel des Baggers zugefügt worden sein. Die Ermittlungen sind im Gange. In der französischen Stadt Namur....

Alena wandte sich erschreckt an Kisha und sah sie fragend an! Diese nahm Alenas Hände in die ihren und meinte leise:

„Vielleicht war das Gottes Strafe? Solch ein widerwärtiger Mensch hat auf dieser Welt doch nichts verloren, oder?"

„Aber…" entgegnete Alena nachdenklich „wer sollte ihm denn so etwas antun wollen?"

„Wer fragt schon danach?" meinte Kisha schulterzuckend und blickte sinnierend aus dem Fenster „Ich weiß es und du weißt es auch: er war ein Schwein, ein charakterloser Mensch und niemand braucht solch einem Typ, wie er einer war, nachzutrauern, richtig?"

Damit ließ sie die Hände Alenas los, erhob sich und machte sich zum Weggehen fertig. Alena begleitete sie noch hinaus. In der Türe drehte Kisha sich nochmals um und sagte leise:

„Nur damit du Bescheid weißt, meine Liebe: hätte dieser Radner etwas gegen dich und deine Buben unternehmen wollen, ich hätte mich nicht gescheut, ihn umbringen zu lassen!"

Damit verließ sie Alenas Heim. Diese stand noch einige Zeit im Flur und plötzlich wusste sie, was Kisha mit ihrem letzten Satz aussagen wollte…

Kishas Rückkehr

In all den Jahren nach den grausigen Ereignissen im Kloster hatte Kisha nichts von ihrem tiefen Glauben an Gott verloren! Jetzt, nachdem Ruhe und Ordnung im Lande eingekehrt war, wuchs in ihr die Sehnsucht, ihrem HERRN wieder innigst dienen zu dürfen und eine Rückkehr in ein Kloster beschäftigte sie jetzt täglich! Als sie wieder einmal in der Markthalle nach seltenen Kräutern suchte, begegnete sie einer Nonne in ihrer Tracht und Kisha sprach sie an:

„Ehrwürdige Schwester! Erlaube mir eine Frage: in welchem Koster dienst du unserem HERRN?"

Die Nonne blickte Kisha lange Zeit an, dann antewortete sie leise:

„Ich diene im Frauenkloster *Des Göttlichen Heilandes*, liebe Frau! Und darf ich nun fragen: wieso interessierst du dich dafür?"

Kisha lächelte und antwortete:

„Ich selbst war jahrelang Nonne im Kloster *Der liebenden Frauen*! Das Kloster aber wurde geschlossen und seitdem hatte ich schwere, aber reinigende Zeiten hinter mich gebracht. Nun wäre ich soweit, wieder in ein Kloster als Nonne einzutreten und unserem HERRN dienen zu dürfen!"

Wieder betrachtete die Nonne Kisha längere Zeit, dann fragte sie:

„Das Kloster *Der Liebenden Frauen*, war das nicht dieses von Geheimnissen umwobene Stift, wo angeblich..."

„Richtig, richtig!" unterbrach Kisha sie „Aber darüber wollte ich nicht sprechen! Denkt ihr, gute Frau, dass man mich in eurem Kloster aufnehmen würde?"

„Aber sicher doch!" antwortete die Nonne „Kommt einfach zu uns und sprecht mit unserer Schwester Oberin! Beruft Euch auf mich, ich bin Schwester Konstanza, ja?"

Bereits zwei Tage später wurde Kisha von der Oberin des Klosters *Zum Göttlichen Heiland* freundlich begrüßt! Nach einer längeren Aussprache kam man überein, dass Kisha schon mit nächstem Ersten als Schwester Debora offiziell eintreten sollte! Als die Oberin Kisha hinausbegleitete, blieb sie an der Türe stehen. Sie nahm ihre neue Schwester kurz am Arm, sah ihr mit zusammengekniffenen Augen an und fragte leise:

„Schwester Debora! Wisst Ihr vielleicht nähere Einzelheiten über die unerwartete Schließung des Klosters *Zu den liebenden Frauen* oder den Grund dafür? Wenn Ihr dort gedient hattet, so müsst Ihr doch mehr darüber wissen?"

Kisha antwortete nicht gleich: sie wusste, dass ihre Antwort triftig sein musste und keine weiteren Fragen zulassen durfte!

„Schwester Oberin!" sagte sie nun leise „Ihr wisst, was uns Dienerinnen des HERRN ein Gelübde wert sein sollte, nicht?"

Mit etwas verwunderter Miene nickte die Oberin leicht.

„Und wir, alle meine Mitschwestern und ich, wir hatten geschworen, niemals und mit niemandem über das traurige Ende dieses wundervollen Stiftes zu sprechen!"

Die Oberin sah Kisha einige Sekunden lang an, nickte und verabschiedete lächelnd Ihre neue Schwester…

Der nächste Erste war ein Freitag und Schwester Debora erschien bereits um 6 Uhr morgens am Tor des Klosters. Man ließ sie ein, sie begab sich in die Kanzlei und wurde dort von - ein kräftiger Adrenalin-Stoß durchfuhr ihren Körper! - niemand anderem als von Schwester Innunciata begrüßt! Von Schwester Innunciata, ihrer Mitschwester im Kloster *Der Liebenden Frauen*! Beide blickten sich total überrascht an, aber keine von beiden sprach ein Wort!

Nach dem gemeinsamen Abendgebet lustwandelte man üblicherweise noch ein wenig im Klostergarten. Dort trafen sich jetzt Innunciata und Debora und sie spazierten nebeneinander her:

„Schwester Debora," begann Schwester Innunciata flüsternd „wird uns niemand hier erkennen? Wird man unsere Untat von damals nicht aufdecken, wenn Ihr vielleicht erkannt werdet?"

„Aber nein doch!" beruhigte Debora ihre Mitschwester „Ich hatte ein langes Vorstellungsgespräch mit der Schwester Oberin und es besteht nicht die Spur eines Verdachtes, wer in diese geheimnisvollen Vorgänge seinerzeit im Kloster verwickelt hätte sein können!"

Nun hielt sie kurz an, Schwester Innunciata tat es ebenso und sie standen sich gegenüber:

„Dieses Geheimnis, liebe Innunciata, es wird immer und ewig in unseren Köpfen sein! Aber es darf unseren Glauben und unsere Liebe zu unserem HERRN nicht negativ beeinflussen! Ihr sollt wissen, auch ich hatte damals intensiv mit unserem HERRN gesprochen und ich weiß, er hatte unsere Entscheidung verstanden und uns unsere grausige Tat verziehen! Hilft Euch das nun?"

Schwester Innunciata nickte, lächelte und sie wusste: niemand außer den Beteiligten an dieser seinerzeitigen grausigen Tat konnte darüber wissen und das Geheimnis blieb für immer in ihren Köpfen verschlossen!

Schluss-Strich

In all den Jahren seiner Ausbildung zum Assistenten des Zoo-Direktors hatte Kamio eines nicht vergessen: sich bei seinem Freund Ghorris, dem Sohn ihrer Hütten-Nachbarin, für dessen unglaublich wichtige Hilfe zu bedanken: Kamio konnte sich nicht ausmalen, was passieren hätte können, wäre sein Freund Ghorris diesem Fremden, als er seine Mami entführt hatte, nicht gefolgt! Hätte Ghorris nicht so rasch reagiert und wäre das Versteck in dem Industrie-Viertel von ihm nicht entdeckt worden, sicherlich wäre alles Geld weggewesen und vielleicht sogar Mami umgebracht worden!

Kamio wollte sich keinesfalls in der Siedlung sehen lassen! Daher suchte er sich einen Platz hinter einem Häuservorsprung aus, wo er auf Ghorris warten konnte. Hier liefen auch immer spielende Kinder herum. Kamio hielt eines von ihnen auf, ein etwa sechsjähriges Mädchen. Das Kind, barfuß und in ihrem ärmlichen Kleidchen, blieb überrascht stehen und sagte sofort:

„Mein Herr, ich darf mit niemandem mitgehen, sagen meine Eltern immer!"

„Aber natürlich!" meinte Kamio lächelnd „Aber du sollst ja gar nicht mit mir mitgehen: ich bitte dich nur um einen Gefallen! Willst du mir helfen?"

Das Mädchen starrte ihn ein Weile lang an und nickte schließlich!

„Also, ja, mein Herr! Was soll ich denn für Sie erledigen?"

Kamio hielt dem Mädchen etwas versteckt ein weißes, fingerdickes, verschlossenes Kuvert hin und sagte:

„Du kennst doch den Jungen Ghorris?"

„Aber ja doch!" bestätigte das Mädchen „Die wohnen doch nur drei Hütten weiter!"

„Ausgezeichnet!" rief Kamio leise „Dann bist du so nett und übergibst Ghorris - er wird gleich nach Hause kommen - diesen Umschlag?"

„Ja, gerne! Aber...von wem ist denn dieser Umschlag?"

„Also, wenn Ghorris dich danach fragt, sagst du nur: es ist eine Nachricht von einem alten Freund, dem er vor langer Zeit einmal geholfen hatte, ok?"

Das Mädchen nickte eifrig und lief mit dem Kuvert wieder zurück zu ihren Spielkameraden. Es dauerte nur einige Minuten und Ghorris kehrte vom Berg heim. Kamio konnte von seinem Versteck aus beobachten, wie die Kleine zu ihm hinlief und ihm den Umschlag überreichte. Ghorris bedankte sich, blickte noch eine Weile suchend um sich und ging weiter zu seiner Hütte.

Für Kamio war die Angelegenheit nun erledigt: er hatte eine ihn bereits lange Zeit geplante Aufgabe positiv zu Ende gebracht!

Erfreuliches für Ghorris

Ghorris betrat sein Schlafabteil, setzte sich auf sein Bett und öffnete den Umschlag. Jetzt kam ein Brief zum Vorschein und Ghorris konnte lesen:

Mein lieber, alter Freund Ghorris!
Nur durch Deine damalige rasche Handlung konnte ich meine Mami vor diesen Drecksäcken retten! Niemand kann heute sagen, was denn passiert wäre, hättest Du mir nicht bekanntgegeben, wo dieses Schwein unsere Mami gefangen gehalten hatte! Und darum, lieber Ghorris, möchte ich mich im Namen meiner Familie bedanken und wir haben für Euch meinem Schreiben eine Kleinigkeit beigefügt!
Ich hoffe, Euch ein wenig geholfen zu haben und grüße Dich im Namen meiner Familie, Dein Kumpel
Kamio!

Mit zitternden Händen zählte Ghorris die Scheine und am Schluss lagen vor ihm auf der Bettdecke unglaubliche 100.000 Rhul! Jetzt begann er zu überlegen und er erinnerte sich: jede einzelne Sekunde seiner damaligen Verfolgungsfahrt durchlief sein Gehirn! Dann zuckte er noch mit den Schultern, nahm lächelnd das Geld auf und ging hinaus zu seiner Mutter, um ihr die freudige Nachricht zu überbringen…

Eine interessante Investition

Das komplette Areal des Klosters *„Der liebenden Frauen"* war verkauft worden. Eine ausländische Investoren-Gruppe sah in diesem Objekt ein in ihr Portfolio perfekt passendes Grundstück: man würde hier in ein Luxus-Spa-Resort investieren! Die positiven Ergebnisse der Wirtschaftlichkeits-Berechnungen hatten grünes Licht für dieses Projekt ergeben und heute war eine Delegation, bestehend aus dem Bauherrn, einem Statiker, dem Architekten und einem Bankmanager eingetroffen. Man hatte den oberen Trakt besichtigt und begab sich nun in den Keller des Klosters. Was den Technikern in einem der großen Säle angenehm auffiel, war dieser uralte Brunnenschacht!

„Weg damit!" meinte emotionslos der Vertreter der Investorengruppe, ein klein gewachsener, fetter Italiener mit schwarzem, pomadisiertem und zurückgekämmtem Haar sofort „Solch einen nostalgischen Mist, den braucht hier niemand! Diesen Raum hier, den kann man noch für ein zusätzliches Ruhezentrum nützen, oder?"

„Naja," entgegnete der Architekt, ein mittelgroßer, schlanker, elegant gekleideter Franzose mit wasserblauen Augen und blondem Bürstenschnitt, indem er seinen Kopf wiegte „und was wäre das, würden wir hier ein Spezialitäten-Restaurant einrichten? Sehen Sie sich doch diese wunderbaren Rundbögen aus uralten Ziegeln an! Und um diesen herrlichen Brunnen-Kranz platzieren wir die Tische, rechts an die Wand kommt die Bar, die Küche gleich daneben und mit an den Wänden montierten, schmiedeeisernen Applikerien geben wir dem Raum dann eine gemütliche, ruhige Atmosphäre! Was meinen die Herren dazu?"

Zustimmendes Kopfnicken folgte und auch der Italiener war von dieser Idee beeindruckt! Und rasch hatte man sich geeinigt: der Brunnenschacht wurde zuerst ausgepumpt und bis einen Meter unter den Brunnenkranz mit Polystyrol-Kugeln aufgefüllt! Auf diesen letzten Meter kam Blumenerde darauf und durch das Gewölbe mit seinen Ziegelmauern, der dezenten Beleuchtung und den geschmackvoll eingesetzten Zimmerpflanzen erhielt der Raum ein unglaublich angenehmes Flair!

Das Restaurant wurde ein international anerkannter Gourmet-Tempel. Die halbe Welt reiste an, um hier ahnungslos über den von den Nonnen einbetonierten 23 Soldaten-Leichen die Kostbarkeiten des mit mehreren Hauben ausgezeichneten Küchenchefs zu genießen…

****

Heute

Diesen riesigen, schrecklich stinkenden Müllberg gibt es heute dort nicht mehr: vollautomatisierte, weitab von der Stadt gelegene Fabriken verarbeiten umgehend den in Spezial-Fahrzeugen angelieferten Müll kontinuierlich und von einem Müllberg ist seit langem schon nichts mehr zu sehen!

An dem von den Politikern nicht beachteten Müllberg an asozialen und unmenschlichen Zuständen in den unteren Bevölkerungsschichten im Staate allerdings hat sich im Grunde eigentlich wenig geändert...

****

++++++++++++++++++++++++++++++

Auch das gibt es von O. F. Schwarz:

Mord war mein Geschäft
Kriminalroman
ISBN 9 783751950138

Klinik des Grauens
Thriller
Neuauflage Winter 2023

Stirb unter meinem Eichenblatt
Kriminalroman
ISBN 9798818443232

Kokain
Kriminalroman
(Veröffentlichung demnächst)

Du hast null Chance
(Ich bin´s, dein Alkohol…)
Veröffentlichung Sommer 2023

Heilende Hände
Science fiction
(Veröffentlichung Herbst 2023)

Geständnisse im Stau
Unglaubliche Stau-Bekanntschaften
(Veröffentlichung Winter 2023)

Erhältlich im Buchhandel!

++++++++++++++++++++++++++++++